Best Time

白马时光

初 步

阿宝两只脚　凳子四只脚

無負今日

梁啓超贈言

EX-LIBRIS

临水种桃知有意，一株当作两株看

愿你前途似海，来日方长

丰子恺等 著

天津出版传媒集团
百花文艺出版社

图书在版编目（CIP）数据

愿你前途似海，来日方长 / 丰子恺等著 . -- 天津 : 百花文艺出版社 , 2022.12
ISBN 978-7-5306-8434-4

Ⅰ . ①愿… Ⅱ . ①丰… Ⅲ . ①书信集－中国－近代②书信集－中国－现代 Ⅳ . ① I265 ② I266.5

中国版本图书馆 CIP 数据核字 (2022) 第 200172 号

愿你前途似海，来日方长
YUAN NI QIANTU SI HAI，LAIRI-FANGCHANG
丰子恺等　著

出 版 人： 薛印胜
责任编辑： 宋春悦　　**封面设计：** 吴思龙
特约策划： 朱　敬
出版发行： 百花文艺出版社
地址： 天津市和平区西康路 35 号　**邮编：** 300051
电话传真： +86-22-23332651（发行部）
+86-22-23332656（总编室）
+86-22-23332478（邮购部）
网址： http://www.baihuawenyi.com
印刷： 三河市金元印装有限公司
开本： 880 毫米 ×1230 毫米　1/32
字数： 160 千字
印张： 8.125
版次： 2022 年 12 月第 1 版
印次： 2022 年 12 月第 1 次印刷
定价： 55.00 元

如有印装质量问题，请与三河市金元印装有限公司联系调换
地址：河北省廊坊市三河市杨庄镇杨庄村
电话：0316-3650243
邮编：065200

前言

Preface

这是一本中国四位大师父亲丰子恺、傅雷、梁启超、曾国藩写给子女的家书精选集，一本给现代年轻父母和孩子共同阅读的“家书”。这四位大师父亲从修身、持家、读书、处世、做人、养生等多角度为孩子传道、授业、解惑，句句语重心长，言近旨远，可为新生代父母提供教子指导。同时这本书无论是对大人还是孩子，都是自身学习、提高修养的最佳范本。

我们之所以选择这四位大家，是因为他们在中国家庭教育方面各具特色，非常有代表性。丰子恺被誉为“儿童崇拜者”；傅雷是饱含谆谆深情的“严父”；梁启超和孩子们似“密友”；曾国藩以身作则授子“改命之法”。此等深情，毕生智慧，我辈得以观摩，实当感恩。

当下，新生代的父亲、母亲，有着不同于父祖辈的价值观、教育观，有时对自己的新角色感到迷茫焦虑，不确定自己要传递给子女什么样的做人法则，才能对孩子的未来人生更有帮助。而从中国近现代典型的、成功的父亲的家书中，我们能汲取力量、受到启发。

“前途似海，来日方长”是梁启超先生《少年中国说》里面的一句话，表达了对青少年的期望和祝福，这句话也是天下所有父母对孩子共同的心声和祝福，温暖而有力量。

本书参校权威版本，在字词使用上遵照作者原来的书写习惯，未做现代标准用法更正，内容按作者卒年顺序编排，距我们由近及远。本书所包含的这些书信文稿不仅仅是不可多得的大师与子女情真意切的真实交流，也富含中国传统文化的精神内涵，以及精彩的文学欣赏性。希望本书能够为现代年轻父母和孩子启正心、正念、正行。

目录 Contents

辑一 丰子恺家书

童真童趣，愿你永葆澄明之心

丰子恺

辑二

傅雷家书

一位中国君子教他的孩子如何做一位真正的君子

梁启超

辑三

梁启超家书

学业、生活、爱情为儿女——悉心解惑

辑四

曾国藩家书

勤于邦，俭于家，言忠信，行笃敬

辑一

丰子恺家书

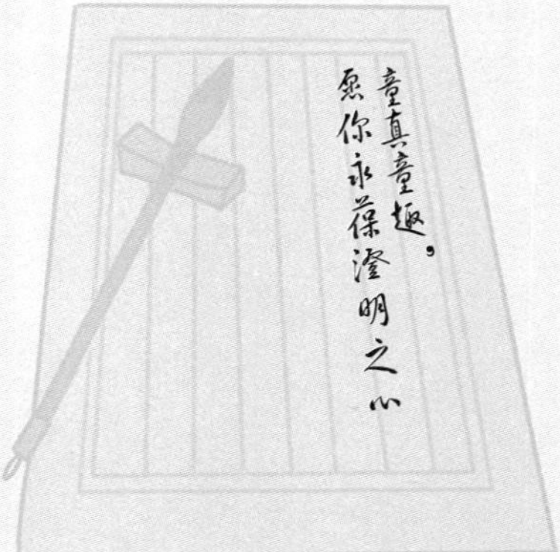

丰子恺和子女

丰子恺

1898 年 11 月 9 日 —1975 年 9 月 15 日

原名丰润、丰仁，浙江省桐乡市石门镇人。中国现代画家、散文家、翻译家，是一位在多方面卓有成就的文艺大师，被国际友人誉为“现代中国最像艺术家的艺术家”。丰子恺的主要作品有《缘缘堂随笔》、画集《子恺漫画》等。师从弘一法师（李叔同），以中西融合画法创作漫画以及散文而著名。家书涉及教育子女和家庭诸事，也有许多在逆境中的心境剖白，可谓丰子恺晚年处境、心境的真实写照。丰子恺之孙丰羽说：“随着父亲考上天津大学去了外地，爷爷开始了和父亲长达十多年数百封的通信，彼此之间除了嘘寒问暖、相互关心，更多的是唐诗接龙、宋词藏字，读圣贤书、习天下理。家长里短饱含父子亲情，社会闲谈传递处世之道，彰显华夏文化的传统思想，蕴含敦亲睦族的礼让谦卑。”在丰子恺的爱的教育下，丰家的孩子快乐成长，在各自领域都取得了较高成就。

我对于儿女的关心与悬念中，
有一部分是对于孩子们——
普天下的孩子们——的关心与悬念。

芳菲之君，又含平凡的伟大之意

慕法：

得信全家大喜。（老实说，她初产，住在荒村[1]中，我们实担心，以前信中皆慰情语耳。）商量起名，至今决定，另写一纸附去，菲是芳菲之意，因其清明日生。芳菲之君，又含平凡的伟大之意，以前取名，大都有封建思想，今新时代之人，宜力避免也。阿先产后可吃补品，徐徐自能复健。盼望满月后可见见菲君。即问近好。

恺 泐

〔1942年〕四月九日〔重庆沙坪坝〕

1 荒村：指贵州湄潭县东北之永兴镇，当时宋慕法任教的浙江大学分校所在地。

《古诗十九首》要多读几遍，要背得熟

安凡：

小娘姨[1]本来要打电话给你，我有信，她不打了。告诉你：后天（星期五）我和小娘姨两人要到崇德[2]去，要下星期一二回上海。你们这星期日倘来此，我不在，《古诗十九首》不能读。最好再下星期日来，把“十九首”背给我听，我再替你上新诗。“十九首”中有许多字难读，难解说。现在我写一张给你，可参考。“十九首”要多读几遍，要背得熟。

我们到乡下去，一定买些东西来给你和小冰。暑假中一定带你和小冰到外埠去玩一趟。

这星期倘你来，有一册书你可看看：这书是俄文版的《小学图画》。放在我书桌右手的绿书架的顶上，很大，你可看图。

1　小娘姨：指丰子恺幼女丰一吟。
2　崇德：今名崇福，属桐乡市。

有许多写生画图，对学画是有益的。（此书是出版社要我和小娘姨译的。）

外公 字

〔1952年〕五月十四日〔上海〕

一个人越是聪明，应该越是谦虚，越是守规则

菲君：

前几天你母亲说，你上学期在校里，学业成绩好的，品行评语不好，是四分。我希望你本学期会改进。小娘舅[1]去年冬天的评语也不好，说“用功是否为自己个人？”后来我教导他一番，这学期（今年夏天）就全都很好。说他“用心功课，遵守规则，热心群众事业，帮助同学，思想前进……”现在我也教导你一番，你下学期也会好起来的。

我想，大约你在学校里最聪明，知识最多，见识最广，因此你看不起教得不好的先生和呆笨的同学，因此他们评你四分。这的确是不好的品性。一个人越是聪明，应该越是谦虚，越是守规则。列宁小时候，在学校里成绩最好。但他绝不看轻同学，他常常早半小时到学校，用这时间来帮助同学补习数

1　小娘舅：指丰子恺幼子丰新枚。

学。上课的时候，他最坐得端正，最守规则。（将来你学会俄文，可在教科书里读到。）我们都要向他看齐。

我欢喜快乐，所以有时到杭州，有时到苏州，有时星期天去游玩，吃东西。但同时又欢喜做个守规则的好人：在社会中不犯法，热心公众事业；在学校里不犯校规，热心团体事业。这样，游玩的时候更加开心。你常常跟我去游玩，同时也要常常做守规则的好孩子。不然，别人看来，外公教坏了你。

小娘舅申请入团，已经批准了。不久宣誓，正式成为团员了。你将来也要如此，所以本学期起，要特别注意自己的行为。一个人，行为第一，学问第二。倘使行为不好，学问好杀也没有用。……反之，行为好，即使学问差些，也仍是个好人。所以你在初中期间，特别要注意自己的行为。其次注意学问。

听说开学延迟了（格致九月七日），你校倘也延迟，你在开学前还可来这里住几天。小娘姨也欢迎你来。

外公 字

〔1955 年〕八月廿九夜〔上海〕

只能学古人的文体“格式”，不可学古人的“思想”

菲君：

你的诗已经有些像样，然而有两处毛病。我替你改了。说明如下：第一二句“数柳花”和“学种瓜”是对，上面最好也对。故改作“茅舍檐前”。（那时里西湖八十五号屋很坏，可说是茅舍。）第三四两句形式上很好，但意义上不对：既说“是儿家”，不应说“客里”。故改为“春到”。

我把你的原信剪寄，你保留作纪念。

做旧诗是好的，但我们只能学古人的文体“格式”，不可学古人的“思想”。（例如隐居、纵酒、颓废、多愁、悲观等，都不可学。）毛主席也做旧诗词，但思想是全新的。你以后倘有空做旧诗，也要如此。

你不去杭州，我已去信告诉姑外婆。你在此时独自去，的确不很好。以后跟我同去。

外公 字

〔约1960年〕八月十一日〔上海〕

对联既名为“对”，要求平仄及词性及意义很严

元草：

你的信早收到。我开人代大会，前日方闭幕。所以久不复你。你的对联，其实是诗，不能称为对联。因为对联既名为“对”，要求平仄及词性及意义很严。例如平必须对仄，动词必须对动词，草木必须对草木（溪口的“口”，必须对身上的东西。但平仄当然是照诗法：一三五不论，二四六分明。并非个个字要平对仄，仄对平的）。现在你的二对，于上述三条件都不合，所以只能说是诗，不能称为对。

你有兴味作对，可练习一下。我举几个好例：李商隐咏杨贵妃诗中有一联：“此日六军同驻马，他时七夕笑牵牛。”古来引为最巧妙的“对”。“六军”对“七夕”（军对夕，不大切，但不苛求了），“驻马”对“牵牛”，都很巧。

又有某人为剃头店写一对联：“频来尽是弹冠客”，“此

去应无搔首人”。对得真巧！“弹冠相庆”（得意）是古话，“搔首问天”（失意）也是古话，意义又极好：讨好顾客，说来剃头的都是得意人（但要剃头，必须脱帽，故曰弹冠）。剃好之后出去时，没有一个是失意的人。

我们故乡石门湾，是春秋时吴越战场，又是洪羊时杀光烧光的地方。战死的鬼甚多。所以每年七月半放焰口，超荐亡魂，举动非常盛大，全镇每家门口都挂许多纸衣裳，烧给鬼魂。老和尚放焰口的台前，照例有一副长对。有一年是你的祖父做的，做得很好，我从小牢记在心，现在写给你看：

古曾为吴越战场，迄今蔓草荒烟，尽是英雄埋骨地。

近复遭咸同发逆，记否昔年此日，正当兵火破家时。

（当时是清朝，故称洪羊为“发逆”，不可以现在观点来批评。）

长联要求对仗，当然较宽，但此长联也已对得很工了。

律诗第三四句，第五六句，必须是两副对联。我最近为定海作的七律诗，后来改好，全文如下：

定海渔场十里开，沈家门口舰成排。
罐头滚滚随潮去，外汇源源逐浪来。
五月黄鱼多似藻，三春紫菜碧于苔。
挂帆客子频回首，水国风光好画材。

新名词“罐头”对“外汇”，“黄鱼”对“紫菜”，“似藻”对“于苔”，都还恰当。你倘爱作对，可做做律诗看。

大会听说要七八月开。家中平安无事。余后谈。

〔1963年〕五月十二日父字〔上海〕

切勿诉苦闷，寂寞便是福

想到就写：

前日宝姐替我送痰去验，回说“活动性”，即“开放性”，要传染的。于是家人大家去打预防针。结果小明抵抗力最强，其余都有传染可能，须打针。我本已没有参与人群的资格，如今又属开放性，更是“隔断红尘”了。近日体温照旧在三十七左右，不想喝酒。看来还得二三个月方可下床。阿姐当年患此病，原是半年多才下床的。何况她年轻。但我身体其他部分皆健好。常吃鸡汤，胃口不坏。大便恢复正常，每晨一次。你劝我吃盐汤，我没有吃，因日食大黄，不须再盐汤了。苹果也难得吃，一则货少，二则我不爱吃，香蕉天天吃。

华瞻下乡了，再过一周上来，担任招考事，可以不再下乡了。阿姐变成“积极分子”。前天开会上来，住了三天，小明天天回家，明天又下乡了。再过十余天，又有例假四五天了。

早上起坐，写碑帖约一小时。想起，你对此道缺乏练习，所以现在写的字不好看，不及华瞻、阿姐。（ 阿姐远不如华瞻。）以后有空，练练毛笔字看：临帖，先临楷书，王右军，柳公权都好。次临北魏碑、章草。见面时再教给你。

阿英妈去领工资，听说画院的人都下乡“三夏”了。那八十八岁的朱姓[1]的也去，我很同情他。去冬他被上（因屋漏）落了许多雪，我睡的地方好些，枕边略有些雪。

我足疾好些，大便可以自己去，扶墙摸壁。这是神经痛。二月二日病发时，原是此病，不知你们为何拖我去看肺病，现在回想很奇怪。

好毛神经衰弱，失眠，我看都是想念夫、子之故，安得早日定局，让你们团聚了。联娘说，超英[2]的案子，月内可望解决。邵远贞前日来沪，拟等超出来后，带二孩北归，联巴不得如此，因阿霜不能入学，在家很吵。

口字加两笔，共有三十八个字。长的、扁的都可。（例如目四。）

ハマクリ　クタツムリ　ミミズ　ソコナ　　　　ヤシナ　　　　ナマリ
蚌　蜗 牛　蚯蚓　损ウ（四）　养ウ（四）　铅

我不想吃酒，足见体温未复正常。本来可以“掩重门浅醉闲眠”，今只能“冥想闲眠”。冥想常入非非。有时回想过去，有许多事深悔做错了，但无法更正。此亦可以勉励今后，勿再

1　朱姓：指朱屺瞻（1892—1996），江苏太仓人。八岁起临摹古画，中年时两次东渡日本学习油画，五十年代后主攻中国画。历任上海艺术专科学校教授等职。

2　超英：联阿娘之子沈超英，生于 1929 年，退休前任国家农机部高级工程师（离休干部），“文革”中亦蒙不白之冤。邵远征（非贞）为其妻，阿霜为其子。

做后悔之事。例如说，当年我花了七八千元（合今三万余）造缘缘堂，实在多事。还有，解放前夕，我顶进闸北汉兴里房子（十三根小金条），不久，以十根小金条顶出，也是多事。但五四年顶进这屋（出六千元），并不后悔。现在只差煤气在楼下，不方便，倘能把煤气改装在楼上，十全了。朱幼兰正替我设法。但我也并不十分盼望，因为以后住处未定。要看人事而定。

王介甫势盛时，有人（东坡？）作诗："乱条犹未变初黄，欹得东风势便狂，解把飞花蒙日月，不知天地有清霜。"讽得甚好。后来王罢相，微行返乡，暮宿一农家，有老妪呼猪："王安石！王安石！"盖其人家破人亡，皆害在王手里。恨极，以其名呼猪。

母眼还好，能缝纫，杭州寄来丸药，颇有效云。

再过三天，叫阿英妈去取药。再过一个月，七月十六，再去看病。算来已费了国家好几百元的医药费，这不可不感谢毛主席，祝他万寿无疆。

在重庆时，马一浮先生送我一诗："红是樱桃绿是蕉，画中景物未全凋。清和四月巴山路，定有行人忆六桥。"他回杭时住六桥蒋庄。可惜迟死了一二年，被逐出，到城中促居。在"文革"前死了，落得干净。

平生记得，关于吃酒，有两人最有趣：其一，你出世前一二年，抗战初，我家逃难到桐庐乡下，租屋而住，邻人盛宝函老人坐在一圆凳上，见我来了，揭开凳盖，取出热酒（用棉花裹好，常温）及花生，与我对酌。其二，西湖上（你八九岁时）有人钓虾，钓得三四只，拿到岳坟小酒店中，放在烫酒炉中煮熟了，讨些酱油，叫两碗酒，吃得津津有味。

居杭州时（你八九岁）客堂中挂一小联，用东坡句："酒贱常愁客少，月明都被云妨。"那时每月到楼外楼"家宴"，必请一外客，郑晓沧[1]、苏步青[2]、易昭雪[3]等。楼外楼老板要我写额，我写古人句"湖光都欲上楼来"。此额解放后仍保存，但把老板之名割去，现在一定废弃了，作者写者都是放毒呀。

岁晚命运恶，病肺又病足，日方卧病榻，食面或食粥。切勿诉苦闷，寂寞便是福（全仄）。

〔1970年六月约十六日，上海〕

1 郑晓沧（1892—1979）：作者浙江省立第一师范学校的同学，教育学家，曾任中央大学教育学院院长等职。

2 苏步青（1902—2003）：数学家，曾任浙江大学数学系主任、复旦大学校长等职，作者之好友。

3 易昭雪：牙医师，作者1947年所作的《口中剿匪记》中曾提及。

在世与你还有一二十年父子情分呢

新枚如见：

你自制色拉下葡萄酒，可谓自得其乐。将来我到石，下酒不愁无菜了。你考证《史记》与《列国志》，亦无聊消遣之一。那部《二十五史》，昨华瞻到联娘家，取来四册，另一册（包括“史”、“汉”）被张心逸[1]借去，前写信叫咬坤[2]去讨，无回音，日内还要去信催索。此《二十五史》是很好的，五册包括一切，乃当年开明书店一大成绩，普通道林纸本有九册，我的圣经纸本，只五册，更可贵也。

近看“水浒”（胡治均借给，他最近常来）。《〈红楼梦〉百咏》停止了唯前日又写一首：

花阴石畔两相怜，

亲上加亲是宿缘。

1 张心逸：又名张逸心，丰子恺在石门湾缘缘堂时期私授（日文等）弟子。

2 咬坤：名丰坤益（1927—1994），丰子恺之堂侄，与张心逸同住在石门镇。

可叹尘寰生路绝，

双棺同穴大团圆。

前寄诸首中，最后一首是指两只石狮子，太晦不好。删了。（后改成：朝朝相对守朱门，木石心肠也动情。谁道我辈干净体，近来也想配婚姻。——也不好。）

来信中附诗："丈夫气魄"是指尤三姐，"性儿"是指尤二姐，"妍容"指晴雯，第四首"繁华"看不出，"候门"应作"侯门"。

我病假三个月，至十月十六再去看，再续假，即等于退休。此事前已告你。近来我健康颇有进步。一者，胃口好，每日营养充足，常吃鸡汤。二者，风痛渐愈，能独自行走上厕所。三者，半个月必须剪脚爪，隔天必须剃胡子。这说明身体生活力旺盛。自知寿命当在新丰老翁之上，在世与你还有一二十年父子情分呢。

昨华瞻到联娘家，见小羽很胖，见了他就笑。重十九斤（七个月），华瞻家菊文一岁多，重只廿二斤。可见小羽身体好。可惜父母子三足鼎据。邵远贞在联家住了四五十天，明天回北京去。超英尚未解决问题。拖拉作风普遍，但终有一天解决。我看"水浒"，一面讲与南颖、意青听。亦一消遣。胡治均又借我《儒林外史》，慢慢再看。他又送来日译《缘缘堂随笔》，他日寄你保存，译得很好，余后述。

〔1970年〕七月廿七晨字〔上海〕

严霜烈日皆经过，次第春风到草庐

新枚：

也许发此信，即得你信。

多日不得你信，念念。你岳母最近患病，医生疑是癌，后来确定为胆石症，胆中有石，要开刀，要忌食油腻、酸辣（这些是她平生最爱吃的），现在家休养，有秋姐出旨，可以放心。你可去信安慰她，劝她少吃忌物，不久病好还是可吃。

小羽健好，有梅春管，并不为累。他最喜出外，看车水马龙。小孩大都如此。邵远贞已去，听说在天津勾留。好毛又要破费些。她给秋姐信，说其夫不日释放[1]，详情不知。凡事拖延，不可屈指期待。我已久惯。不放在心上了。我病渐好，能自己步行，只是右臂神经痛，不能高举。但尚能写字。红楼杂咏颇有兴，不久汇集寄你。再过五六天，阿姐当归，宝姐民望

1 "文革"中冤案。

皆不下乡。华瞻哥编英语教材，亦不下乡。上海秋凉，严霜烈日皆经过，次第春风到草庐。母眼很好，能缝纫写信。

〔1970年〕八月卅一日 恺

小孩大都喜换环境

新枚：

久不得书，念念。好毛定今日下午六时上车赴天津。阿姐在此时，她宿在此。阿姐下乡后，她宿母家。昨重九，母生日，你岳家全家来吃面。小羽很要吃。他母抱他在桌上调了一碗粥，将喂他吃。梅青说，抱他到阳台上去吃，就抱了他。他大哭，以为不得吃粥了。梅青一手拿了粥碗，一手抱他走向阳台，他就不哭了。一碗粥不久吃光。

华瞻家的菊文，很不要吃，因此瘦小似饿鬼（日本人称小孩为ガキ），小羽要吃，故很胖。我抱了他，他弄我须。他在外婆家，时刻想出外，到了外面，不想回来。小孩大都喜换环境。

阿姐带小明下乡，入托儿所。今天来信说，小明非常高兴，在这新办的托儿所里当了“小干部”，晚上回来跟母睡，托儿所离母处，不过我家到万兴[1]。小明在乡快乐，我很放心了。阿姐是“积极分子”，但不知何时毕业，派何工作。

你岳家近很闹热，超英夫妻、咬南[2]，都到。现已回去，只剩咬毛，今天也要走了。据说超英两年来很辛苦，但“结论好”，现已复职云。

江南蟹已上市，我吃过二三次，此物恐石家庄没有。近我常吃鸡汤，味难当，当吃药。据说非常滋补。十六日诊后再给你信。我右手右腿麻木，似半边疯，但不甚重，贴膏药，饮药酒，好些。

恺字

〔1970年〕十月九日〔上海〕

《二十年目睹之怪现状》你有否？如有，寄来一看。

1　万兴：上海淮海路陕西南路口一家食品店的名称。

2　咬南：名沈绮，超英之妹。

夫妻早出晚归，但晚上及星期日犹有天伦之乐

新枚：

久未写信与你。此间平安无事。我每天做保健按摩，颇觉有效。昨下午文彦来（他是公出来沪），与我谈了好久，知他家小孩已三岁半，精神好，而身体不好，恐是血统太近之故。小羽同他们一样血统，但并无病状，十分健康，可见血统太近之说并非人人如此。

明日小羽周岁，母昨天起已在准备请客，封了十几包糖果送亲友，并准备“拿周”的东西，看他拿什么。明日再告。

文彦离家，其妻芬芬及小孩都记念他。我劝他将芬芬迁王店，他说有种种联带关系，不行。盖芬芬之父亦舍不得芬芬也。看来看去，华瞻一家，目前最幸福，虽夫妻早出晚归，但父母子女五人团聚一处，晚上及星期日犹有天伦之乐也。你家分居三处，不知何日可以集中，时在我念中。

昔年马骏借了我三百五十元去，一直不还，前忽汇还一半，此赛如倘来之物。他不借去，也被抄去了。

你探亲假如延长扣薪，当以此款补贴。

母常叹愿：但得一吟和新枚像华瞻一样，天天回家。一吟或许有希望。你则希望遥远，然世事茫茫难自料，亦未可必也。

近闲时作"双声"句（即每字子音相同）：

△芬芳风拂拂，依约月溶溶

△潇湘栖蟋蟀，夜雨浴鸳鸯

△秋川清且浅，玉宇袅闲云

△琵琶频别抱，凤尾舞翻飞

以上廿八日写，今日小羽来，比前更健，且饕餮，要我抱，弄胡子。联娘一家来。宝姐原定来，终于不来，但也够闹热。小羽拿周，先拿枪，次拿笔，后拿算盘。将来"文武双全"。

〔1970年〕十一月廿九下午字〔上海〕

互相通融，各得其利，不必分彼此也

新枚：

来信昨（廿五）到。你的房东真好，同家人一样。来信以经济为言，此想法在今日不对，今日的钱钞，其价值与往昔不同。例如阿姐，只四十元，而退休的资本家有一百六十元。可见钱多并不表示能力强，都要碰运气。在可活动的范围内，互相通融，各得其利，不必分彼此也。所以你千万不可介意。而且这状态，我看不会持久，不久总有合理的“按劳取酬”办法。

告你二事：（一）南颖写“天天向上”为Make great，是错的，她今依老师言改正为Make progress。（二）华瞻言：最高指示：要把《二十五史》加标点。此指示甚及时，再迟，老人死光，无人能加了。我想，清史也应修了。

你那“敝帚自珍”袋上需改为“六十幅”。新加四画附此信内。

父字

〔1971年〕二月廿六下午〔上海〕

在世无所需，唯酒与长年

新枚：

来信收到，内附交你岳父的信也已交去。阿姐昨天（二号）回来，九号回去。

我身体很好。

昨天来了个解放军，石门人，名周加骎，同我谈了多时，曾把你的住址抄去，他以后也许会来看你，所以我把本末详告你：石门有一周紫堂，我年青时，他在上海银楼工作。我与母常去看他（此时母在上海入学），此周加骎，即周紫堂之子，现在遵义某工厂（此厂造导弹云）当军管组。两三个月之前，此人从遵义来信，说起他五六年曾向我索画，我送他一幅。现在他又向我索新作。我看了此信，想不起他是何人（昨天才明白）。大家笑他冒昧，没分晓，此时还来向我索画。昨天他同我谈，才知道他都分晓，并不冒昧。他说：他室中向来挂我送他的一幅画。文革初，人们劝他勿挂，他就收了。去年，人们又说可以挂了，因此他又挂起来，并且向我索新作。我许他稍缓画给他。周加骎的通信地址是“凯山四七八信箱军管组”。（保密不写遵义。）此人（他的夫人在长春，也未调拢）常常出差，周游全国。故也许会来看你。

上月来了一个新的工宣队，问问我病，最后对我说：“将来病好到画院来白相相。”前天又来一新工宣队，向我详细查问我家让出房子的经过。不知是何用意。阿姐说，如果将来要还我们，要求把煤气装到楼上来。华瞻说，现在万事都要“落实”，所以房子也要调查，不知究竟何意。

我正在写“旧闻选译”（古书上所见有意义的故事，用白话译出）。将来再写《往事琐记》。（前与你说过，写我幼时事。）两事都很有兴味。陶诗：“但愿长如此，躬耕非所叹。”又“在世无所需，唯酒与长年”。颇有同感。

[1971年]四月三日[上海]

明日寒食。

慎言节饮食，知足胜不祥

新枚：

前日发信，今又发此信，为的是二事：（一）我译《大乘起信论》，来信勿提及。因母看后向人传达，凡事往往不得要领，把次要当作首要，而首要反忽略了，或歪曲了。且此事我也只让你一人知， 不告别人。（二）阿英妈加薪，你来信勿提及……

上海大热，正午三十四度，我每日饮啤酒一瓶，内加三分绍兴酒。我饮食很当心，决不会生病。“慎言节饮食，知足胜不祥。”

新作“竹儿一灯人做梦”，我很欢喜，又作一小幅，也寄给你。

日本人的信封，真有意思，封口处毛边，封后揭不开。寄你一张玩玩，家中有很多。

父字

〔1971年〕六月廿八日上午〔上海〕

“君子防未然”之诗，名曰《古群行》，不知作者。

现在做父母，一定辛苦，但也一定另有乐趣

新枚、佩红：

我的官司至今没有打完，无颜写信给你们。目今万事拖延，我也不在乎了。

香港有读者，无端寄我港币一百元，即四十元二角。我分二十元给小羽买东西，另行汇出。（你们切不可买东西回敬我，使我反而扫兴。）

阿姐明天来，可住七八天，何日上来，也拖延着。母今天裹端午粽子，给阿姐小明吃。可惜不能寄给小羽。

文彦昨天来，谈了很久。他患肝炎，病假在家。他家小孩宜冰，也是姨表兄妹生的，同你们一样，也很健全。你们都运气好。

你们从前不管孩子，自由自在，太写意了。现在做父母，一定辛苦，但也一定另有乐趣。

我盼望官司打完，到杭州去，到石家庄去。现在好像有一根无形的绳子缚住我，不得自由走动。虽然我早上的工作很有兴味（译日本古典文学），总是单调。

我近来吃烟大减（日吸六七支）。吃酒也换一种方式：同外国人一样，把酒一气吞下，取其醉的效果。因我不爱酒的味道，而喜欢酒的效果（醉）。

你（新枚）从前集七十句诗寄我，我今集了七十七句，附给你保存。现在我正在集五言句，岂知五言句比七言句难集，尚无成就呢。

恺字

〔1972年〕六月二日〔上海〕

我端居静坐，饮酒看书，自得其乐

新枚：

我到故乡，住了十二天，早已安返。胡陪行，照料周到。在乡时，来客不绝，远近闻讯，都来看望，赠送土产（鸡蛋、豆腐衣）不少，满载而归。我还家后不知有否写信给你，记不真了。重写也无妨。

暑假快到，希望你一家三人来沪探亲，旅费及扣工资等，都由我付给，不必操心。我近来意外收入甚多。广洽法师即将归国观光了。

我希望佩红辞教师而改入厂当工人。努力争取。

雪姑母不肯装牙。今天我汇了二十元送她，叫正东[1]逼她去装牙。

联阿娘家，来了咬生夫妻及妻母。妻即将生产。

1　正东：蒋正东（1931—1993），丰子恺之妹丰雪珍（雪雪）的儿子。

琴琴的母亲（即英娥的妹子），患脑癌死了。今天阿姐去送花圈。

我在乡，吃杜酒，是阿七自己做的，比黄酒有味。乡下黄酒也有，与上海的差不多。乡下香烟紧张，我带了许多（前门牌）去送人，约有十条（一百包）。送完了，皆大欢喜。来客中有三四十年不见的人，昔日朱颜绿鬓，尽成白发苍颜。昔日小鬟，今成老妪了。

时入孟夏，窗外树色青青。我端居静坐，饮酒看书，自得其乐。

恺

〔1975年〕五月五日，马克思诞辰〔上海〕

附文

给我的孩子们[1]

憧憬于你们的生活的我，痴心要为
你们永远挽留这黄金时代在这册子里。

我的孩子们！我憧憬于你们的生活，每天不止一次！我想委曲地说出来，使你们自己晓得。可惜到你们懂得我的话的意思的时候，你们将不复是可以使我憧憬的人了。这是何等可悲哀的事啊！

瞻瞻！你尤其可佩服。你是身心全部公开的真人。你什么事体都像拼命地用全副精力去对付。小小的失意，像花生米翻落地了，自己嚼了舌头了，小猫不肯吃糕了，你都要哭得嘴唇翻白，昏去一两分钟。外婆普陀去烧香买回来给你的泥人，你何等鞠躬尽瘁地抱他，喂他；有一天你自己失手把他打破了，你的号哭的悲哀，比大人们的破产、失恋、broken heart〔心

1　本篇曾载1926年12月26日《文学周报》第4卷第6期。署名：子恺。

碎〕、丧考妣、全军覆没的悲哀都要真切。两把芭蕉扇做的脚踏车，麻雀牌堆成的火车、汽车，你何等认真地看待，挺直了嗓子叫“汪——”，“咕咕咕……”，来代替汽笛。宝姐姐讲故事给你听，说到“月亮姐姐挂下一只篮来，宝姐姐坐在篮里吊了上去，瞻瞻在下面看”的时候，你何等激昂地同她争，说“瞻瞻要上去，宝姐姐在下面看！”甚至哭到漫姑[1]面前去求审判。我每次剃了头，你真心地疑我变了和尚，好几时不要我抱。最是今年夏天，你坐在我膝上发见了我腋下的长毛，当作黄鼠狼的时候，你何等伤心，你立刻从我身上爬下去，起初眼瞪瞪地对我端相，继而大失所望地号哭，看看，哭哭，如同对被判定了死罪的亲友一样。你要我抱你到车站里去，多多益善地要买香蕉，满满地擒了两手回来，回到门口时你已经熟睡在我的肩上，手里的香蕉不知落在哪里去了。这是何等可佩服的真率，自然，与热情！大人间的所谓“沉默”“含蓄”“深刻”的美德，比起你来，全是不自然的、病的、伪的！

你们每天做火车，做汽车，办酒，请菩萨，堆六面画，唱歌，全是自动的，创造创作的生活。大人们的呼号“归自然！”“生活的艺术化！”“劳动的艺术化！”在你们面前真是出丑得很了！依样画几笔画，写几篇文的人称为艺术家，创作家，对你们更要愧死！

你们的创作力，比大人真是强盛得多哩：瞻瞻！你的身体不及椅子的一半，却常常要搬动它，与它一同翻倒在地上；你

1 漫姑：即作者的三姐丰满。

又要把一杯茶横转来藏在抽斗里，要皮球停在壁上，要拉住火车的尾巴，要月亮出来，要天停止下雨。在这等小小的事件中，明明表示着你们的小弱的体力与智力不足以应付强盛的创作欲、表现欲的驱使，因而遭逢失败。然而你们是不受大自然的支配，不受人类社会的束缚的创造者。所以你的遭逢失败，例如火车尾巴拉不住，月亮呼不出来的时候，你们决不承认是事实的不可能，总以为是爹爹妈妈不肯帮你们办到，同不许你们弄自鸣钟同例，所以愤愤地哭了，你们的世界何等广大！

你们一定想：终天无聊地伏在案上弄笔的爸爸，终天闷闷地坐在窗下弄引线的妈妈，是何等无气性的奇怪的动物！你们所视为奇怪动物的我与你们的母亲，有时确实难为了你们，摧残了你们，回想起来，真是不安心得很！

阿宝！有一晚你拿软软的新鞋子，和自己脚上脱下来的鞋子，给凳子的脚穿了，刬袜立在地上，得意地叫"阿宝两只脚，凳子四只脚"的时候，你母亲喊着"龌龊了袜子！"立刻擒你到藤榻上，动手毁坏你的创作。当你蹲在榻上注视你母亲动手毁坏的时候，你的小心里一定感到"母亲这种人，何等杀风景而野蛮"吧！

瞻瞻！有一天开明书店送了几册新出版的毛边的《音乐入门》来。我用小刀把书页一张一张地裁开来，你侧着头，站在桌边默默地看。后来我从学校回来，你已经在我的书架上拿了一本连史纸印的中国装的《楚辞》，把它裁破了十几页，得意地对我说："爸爸！瞻瞻也会裁了！"瞻瞻！这在你原是何等成功的欢喜，何等得意的作品！却被我一个惊骇的“哼！”字喊得你哭了。那时候你也一定抱怨“爸爸何等不明”吧！

软软！你常常要弄我的长锋羊毫，我看见了总是无情地夺脱你。现在你一定轻视我，想道：“你终于要我画你的画集的封面！”[1]

最不安心的，是有时我还要拉一个你们所最怕的陆露沙医生来，教他用他的大手来摸你们的肚子，甚至用刀来在你们臂上割几下，还要教妈妈和漫姑擒住了你们的手脚，捏住了你们的鼻子，把很苦的水灌到你们的嘴里去。这在你们一定认为太无人道的野蛮举动吧！

孩子们！你们果真抱怨我，我倒欢喜；到你们的抱怨变为感谢的时候，我的悲哀来了！

我在世间，永没有逢到像你们这样出肺肝相示的人。世间的人群结合，永没有像你们样的彻底地真实而纯洁。最是我到上海去干了无聊的所谓“事”回来，或者去同不相干的人们做了叫做“上课”的一种把戏回来，你们在门口或车站旁等我的时候，我心中何等惭愧又欢喜！惭愧我为什么去做这等无聊的事，欢喜我又得暂时放怀一切地加入你们的真生活的团体。

但是，你们的黄金时代有限，现实终于要暴露的。这是我经验过来的情形，也是大人们谁也经验过的情形。我眼看见儿时的伴侣中的英雄，好汉，一个个退缩，顺从，妥协，屈服起来，到像绵羊的地步。我自己也是如此。“后之视今，亦犹今

1 《子恺画集》的封面画是软软所作。

之视昔”，你们不久也要走这条路呢！

我的孩子们！憧憬于你们的生活的我，痴心要为你们永远挽留这黄金时代在这册子里。然这真不过像“蜘蛛网落花”略微保留一点春的痕迹而已。且到你们懂得我这片心情的时候，你们早已不是这样的人，我的画在世间已无可印证了！这是何等可悲哀的事啊！

《子恺画集》代序，一九二六年耶诞节作[1]

1 作为《子恺画集》代序，本篇篇末所署为：1926年耶稣降诞节，病起，作于炉边。

从孩子得到的启示[1]

我今晚受了这孩子的启示了：他能撤去世间事物的因果关系的网，看见事物的本身的真相。

一

晚上喝了三杯老酒，不想看书，也不想睡觉，捉一个四岁的孩子华瞻来骑在膝上，同他寻开心。我随口问：

“你最喜欢什么事？”

他仰起头一想，率然地回答：

“逃难。”

我倒有点奇怪：“逃难”两字的意义，在他不会懂得，为什么偏偏选择它？倘然懂得，更不应该喜欢了。我就设法探问他：

1　本篇曾载 1927 年 7 月 10 日《小说月报》第 18 卷第 7 号。

"你晓得逃难就是什么？"

"就是爸爸、妈妈、宝姐姐、软软……娘姨，大家坐汽车，去看大轮船。"

啊！原来他的"逃难"的观念是这样的！他所见的"逃难"，是"逃难"的这一面！这真是最可喜欢的事！

一个月以前，上海还属孙传芳的时代，国民革命军将到上海的消息日紧一日，素不看报的我，这时候也定一份《时事新报》，每天早晨看一遍。有一天，我正在看昨天的旧报，等候今天的新报的时候，忽然上海方面枪炮声起了，大家惊惶失色，立刻约了邻人，扶老携幼地逃到附近的妇孺救济会里去躲避。其实倘然此地果真进了战线，或到了败兵，妇孺救济会也是不能救济的。不过当时张皇失措，有人提议这办法，大家就假定它为安全地带，逃了进去。那里面地方很大，有花园、假山、小川、亭台、曲栏、长廊、花树、白鸽，孩子们一进去，登临盘桓，快乐得如入新天地了。忽然兵车在墙外轰过，上海方面的机关枪声、炮声，愈响愈近，又愈密了。大家坐定之后，听听，想想，方才觉到这里也不是安全地带，当初不过是自骗罢了。有决断的人先出来雇汽车逃往租界。每走出一批人，留在里面的人增一次恐慌。我们结合邻人来商议，也决定出来雇汽车，逃到杨树浦的沪江大学。于是立刻把小孩子们从假山中、栏杆内捉出来，装进汽车里，飞奔杨树浦了。

所以决定逃到沪江大学者，因为一则有邻人与该校熟识，二则该校是外国人办的学校，较为安全可靠。枪炮声渐远渐弱，到听不见了的时候，我们的汽车已到沪江大学。他们安排一个房间给我们住，又为我们代办膳食。傍晚，我坐在校旁的黄浦江边的青草堤上，怅望云水遥忆故居的时候，许多小孩子采花、卧草，争看无数的帆船、轮船的驶行，又是快乐得如入新天地了。

次日，我同一邻人步行到故居来探听情形的时候，青天白日的旗子已经招展在晨风中，人人面有喜色，似乎从此可庆承平了。我们就雇汽车去迎回避难的眷属，重开我们的窗户，恢复我们的生活。从此“逃难”两字就变成家人的谈话的资料。

这是“逃难”。这是多么惊慌、紧张而忧患的一种经历！然而人物一无损丧，只是一次虚惊；过后回想，这回好似全家的人突发地出门游览两天。我想假如我是预言者，晓得这是虚惊，我在逃难的时候将何等有趣！素来难得全家出游的机会，素来少有坐汽车、游览、参观的机会。那一天不论时，不论钱，浪漫地、豪爽地、痛快地举行这游历，实在是人生难得的快事！只有小孩子真果感得这快味！他们逃难回来以后，常常拿香烟簏子来叠作栏杆、小桥、汽车、轮船、帆船；常常问我关于轮船、帆船的事；墙壁上及门上又常常有有色粉笔画的轮船、帆船、亭子、石桥的壁画出现。可见这“逃难”，在他们脑中有难忘的欢乐的印象。所以今晚我无端地问华瞻最喜欢什么事，他立刻选定这“逃难”。原来他所见的，是“逃难”的这一面。

不止这一端：我们所打算，计较，争夺的洋钱，在他们看来个个是白银的浮雕的胸章；仆仆奔走的行人，血汗涔涔的劳动者，在他们看来个个是无目的地在游戏，在演剧；一切建设，一切现象，在他们看来都是大自然的点缀，装饰。

唉！我今晚受了这孩子的启示了：他能撤去世间事物的因果关系的网，看见事物的本身的真相。他是创造者，能赋给生命于一切的事物。他们是“艺术”的国土的主人。唉，我要从他学习！

二[1]

两个小孩子，八岁的阿宝与六岁的软软，把圆凳子翻转，叫三岁的阿韦坐在里面。他们两人同他抬轿子。不知哪一个人失手，轿子翻倒了。阿韦在地板上撞了一个大响头，哭了起来。乳母连忙来抱起。两个轿夫站在旁边呆看。乳母问：“是谁不好？”

阿宝说：“软软不好。”

软软说：“阿宝不好。”

阿宝又说：“软软不好，我好！”

软软也说：“阿宝不好，我好！”

阿宝哭了，说：“我好！”

软软也哭了，说：“我好！”

他们的话由“不好”转到了“好”。乳母已在喂乳，见他们哭了，就从旁调解：

1 此第二文在1957年版《缘缘堂随笔》中被删去，现仍予恢复。

"大家好，阿宝也好，软软也好，轿子不好！"

孩子听了，对翻倒在地上的轿子看看，各用手背揩揩自己的眼睛，走开了。

孩子真是愚蒙。直说"我好"，不知谦让。

所以大人要称他们为"童蒙""童昏"，要是大人，一定懂得谦让的方法：心中明明认为自己好而别人不好，口上只是隐隐地或转弯地表示，让众人看，让别人自悟。于是谦虚、聪明、贤慧等美名皆在我了。

讲到实在，大人也都是"我好"的。不过他们懂得谦让的一种方法，不像孩子地直说出来罢了。谦让方法之最巧者，是不但不直说自己好，反而故意说自己不好。明明在谆谆地陈理说义、劝谏君王，必称"臣虽下愚"。明明在自陈心得、辩论正义，或惩斥不良、训诫愚顽，表面上总自称"不佞""不慧"或"愚"。习惯之后，"愚"之一字竟通用作第一身称的代名词，凡称"我"处，皆用"愚"。常见自持正义而赤裸裸地骂人的文字函牍中，也称正义的自己为"愚"，而称所骂的人为"仁兄"。这种矛盾，在形式上看来是滑稽的；在意义上想来是虚伪的、阴险的。"滑稽""虚伪""阴险"，比较大人评孩子的所谓"蒙""昏"，丑劣得多了。

对于"自己"，原是谁都重视的。自己的要"生"，要"好"，原是普遍的生命的共通的大欲。今阿宝与软软为阿韦抬轿子，翻倒了轿子，跌痛了阿韦，是谁好谁不好，姑且不论；其表示自己要"好"的手段，是彻底地诚实，纯洁而不虚饰的。

我一向以小孩子为"昏蒙"。今天看了这件事，恍然悟到我们自己的昏蒙了。推想起来，他们常是诚实的，"称心而言"的；而我们呢，难得有一日不犯"言不由衷"的恶德！

唉！我们本来也是同他们那样的，谁造成我们这样呢？

一九二六年作。[1]

1　本文篇末原未署日期。这里所署的日期是中华人民共和国成立后作者自编的《缘缘堂随笔》（人民文学出版社 1957 年 11 月初版）中篇末所署，比发表于《小说月报》的年代——1927 年早一年。从第一则逃难（1927 年北伐战争）的年代来看，由第二则中三个孩子的年龄（当时用虚年龄）来看，此文的写作年代应为 1927 年。

晨梦[1]

我们要在梦中晓得自己做梦，
而常常找寻这个“真我”的所在。

我常常在梦中晓得自己做梦。晨间，将醒未醒的时候，这种情形最多，这不是我一人独有的奇癖，讲出来常常有人表示同感。

近来我尤多经验这种情形：我妻到故乡去作长期的归宁，把两个小孩子留剩在这里，交托我管。我每晚要同他们一同睡觉。他们先睡，九点钟定静，我开始读书，作文，往往过了半夜，才钻进他们的被窝里。天一亮，小孩子就醒，像鸟儿地在我耳边喧聒，又不绝地催我起身。然这时候我正在晨梦，一面隐隐地听见他们的喧聒，一面作梦中的遨游。他们叫我不醒，将嘴巴合在我的耳朵上，大声疾呼“爸爸！起身了！”立刻把

1 本篇曾载1927年11月10日《小说月报》第18卷第11号。署名：子恺。

我从梦境里拉出。有时我的梦正达于兴味的高潮，或还没有告段落，就回他们话，叫他们再唱一曲歌，让我睡一歇，连忙蒙上被头，继续进行我的梦游。这的确会继续进行，甚且打断两三次也不妨。不过那时候的情形很奇特：一面寻找梦的头绪，继续演进，一面又能隐隐地听见他们的唱歌声的断片。即一面在热心地做梦中的事，一面又知道这是虚幻的梦。有梦游的假我，同时又有伴小孩子睡着的真我。

但到了孩子大哭，或梦完结了的时候，我也就毅然地起身了。披衣下床，“今日有何要务”的真我的正念凝集心头的时候，梦中的妄念立刻被排出意外，谁还留恋或计较呢？

“人生如梦”，这话是古人所早已道破的，又是一切人所痛感而承认的。那末我们的人生，都是——同我的晨梦一样——在梦中晓得自己做梦的了。这念头一起，疑惑与悲哀的感情就支配了我的全体，使我终于无可自解，无可自慰。往往没有穷究的勇气，就把它暂搁在一旁，得过且过地过几天再说。这想来也不是我一人的私见，讲出来一定有许多人表示同感吧！

因为这是众目昭彰的一件事：无穷大的宇宙间的七尺之躯，与无穷久的浩劫中的数十年，而能上穷星界的秘密，下探大地的宝藏，建设诗歌的美丽的国土，开拓哲学的神秘的境地。然而一到这脆弱的躯壳损坏而朽腐的时候，这伟大的心灵就一去无迹，永远没有这回事了。这个“我”的儿时的欢笑，青年的憧憬，中年的哀乐，名誉，财产，恋爱……在当时何等认真，何等郑重；然而到了那一天，全没有“我”的一回事了！哀哉，“人生如梦！”

然而回看人世，又觉得非常诧异：在我们以前，“人生”已被反复了数千万遍，都像昙花泡影地倏现倏灭。大家一面明明知道自己也是如此，一面却又置若不知，毫不怀疑地热心做人。——做官的热心办公，做兵的热心体操，做商的热心算盘，做教师的热心上课，做车夫的热心拉车，做厨房的热心烧饭……还有做学生的热心求知识，以预备做人，——这明明是自杀，慢性的自杀！

这便是为了人生的饱暖的愉快，恋爱的甘美，结婚的幸福，爵禄富厚的荣耀，把我们骗住，致使我们无暇回想，流连忘返，得过且过，提不起穷究人生的根本的勇气，糊涂到死。

“人生如梦！”不要把这句话当作文学上的装饰的丽句！这是当头的棒喝！古人所道破，我们所痛感而承认的。我们的人生的大梦，确是——同我的晨梦一样——在梦中晓得自己做梦的。我们一面在热心地做梦中的事，一面又知道这是虚幻的梦。我们有梦中的假我，又有本来的“真我”。我们毅然起身，披衣下床，“真我”的正念凝集于心头的时候，梦中的妄念立刻被置之一笑，谁还留恋或计较呢？

同梦的朋友们！我们都有“真我”的，不要忘记了这个“真我”，而沉酣于虚幻的梦中！我们要在梦中晓得自己做梦，而常常找寻这个“真我”的所在。

一九二七年

儿女[1]

他们在我心中
占有与神明、星辰、艺术同等的地位。

回想四个月以前，我犹似押送囚犯，突然地把小燕子似的一群儿女从上海的租寓中拖出，载上火车，送回乡间，关进低小的平屋中。自己仍回到上海的租界中，独居了四个月。这举动究竟出于什么旨意，本于什么计划，现在回想起来，连自己也不相信。其实旨意与计划，都是虚空的，自骗自扰的，实际于人生有什么利益呢？只赢得世故尘劳，做弄几番欢愁的感情，增加心头的创痕罢了！

当时我独自回到上海，走进空寂的租寓，心中不绝地浮起这两句《楞严》经文：“十方虚空在汝心中，犹如白云点太清里；况诸世界在虚空耶！”

1　本篇曾载1928年10月10日《小说月报》第19卷第10号。

晚上整理房室，把剩在灶间里的篮钵、器皿、余薪、余米，以及其他三年来寓居中所用的家常零星物件，尽行送给来帮我做短工的、邻近的小店里的儿子。只有四双破旧的小孩子的鞋子（不知为什么缘故），我不送掉，拿来整齐地摆在自己的床下，而且后来看到的时候常常感到一种无名的愉快。直到好几天之后，邻居的友人过来闲谈，说起这床下的小鞋子阴气迫人，我方始悟到自己的痴态，就把它们拿掉了。

朋友们说我关心儿女。我对于儿女的确关心，在独居中更常有悬念的时候。但我自以为这关心与悬念中，除了本能以外，似乎尚含有一种更强的加味。所以我往往不顾自己的画技与文笔的拙陋，动辄描摹。因为我的儿女都是孩子们，最年长的不过九岁，所以我对于儿女的关心与悬念中，有一部分是对于孩子们——普天下的孩子们——的关心与悬念。他们成人以后我对他们怎样？现在自己也不能晓得，但可推知其一定与现在不同，因为不复含有那种加味了。

回想过去四个月的悠闲宁静的独居生活，在我也颇觉得可恋，又可感谢。然而一旦回到故乡的平屋里，被围在一群儿女的中间的时候，我又不禁自伤了。因为我那种生活，或枯坐、默想，或钻研、搜求，或敷衍、应酬，比较起他们的天真、健全、活跃的生活来，明明是变态的、病的、残废的。

有一个炎夏的下午，我回到家中了。第二天的傍晚，我领了四个孩子——九岁的阿宝、七岁的软软、五岁的瞻瞻、三岁的阿韦——到小院中的槐荫下，坐在地上吃西瓜。夕暮的紫色中，炎阳的红味渐渐消减，凉夜的青味渐渐加浓起来。微风吹动孩子们的细丝一般的头发，身体上汗气已经全消，百感畅快的时候，孩子们似乎已经充溢着生的欢喜，非发泄不可了。最初是三岁的孩子的音乐的表现，他满足之余，笑嘻嘻摇摆着身子，口中一面嚼西瓜，一面发出一种像花猫偷食时候的"ngam ngam"的声音来。这音乐的表现立刻唤起了五岁的瞻瞻的共鸣，他接着发表他的诗："瞻瞻吃西瓜，宝姐姐吃西瓜，软软吃西瓜，阿韦吃西瓜。"这诗的表现又立刻引起了七岁与九岁的孩子的散文的、数学的兴味：他们立刻把瞻瞻的诗句的意义归纳起来，报告其结果："四个人吃四块西瓜。"

于是我就做了评判者，在自己心中批判他们的作品。我觉得三岁的阿韦的音乐的表现最为深刻而完全，最能全般表出他的欢喜的感情。五岁的瞻瞻把这欢喜的感情翻译为（他的）诗，已打了一个折扣；然尚带着节奏与旋律的分子，犹有活跃的生命流露着。至于软软与阿宝的散文的、数学的、概念的表现，比较起来更肤浅一层。然而看他们的态度，全部精神没入在吃西瓜的一事中，其明慧的心眼，比大人们所见的完全得多。天地间最健全的心眼，只是孩子们的所有物，世间事物的真相，只有孩子们能最明确、最完全地见到。我比起他们来，真的心眼已经被世智尘劳所蒙蔽，所斫丧，是一个可怜的残废者了。我实在不敢受他们"父亲"的称呼，倘然"父亲"是尊崇的。

我在平屋的南窗下暂设一张小桌子，上面按照一定的秩序而布置着稿纸、信箧、笔砚、墨水瓶、浆糊瓶、时表和茶盘等，不喜欢别人来任意移动，这是我独居时的惯癖。我——我们大人——平常的举止，总是谨慎、细心、端详、斯文。例如磨墨、放笔、倒茶等，都小心从事，故桌上的布置每日依然，不致破坏或扰乱。因为我的手足的筋觉已经由于屡受物理的教训而深深地养成一种谨惕的惯性了。然而孩子们一爬到我的案上，就捣乱我的秩序，破坏我的桌上的构图，毁损我的器物。他们拿起自来水笔来一挥，洒了一桌子又一衣襟的墨水点；又把笔尖蘸在浆糊瓶里。他们用劲拔开毛笔的铜笔套，手背撞翻茶壶，壶盖打碎在地板上……这在当时实在使我不耐烦，我不免哼喝他们，夺脱他们手里的东西，甚至批他们的小颊。然而我立刻后悔：哼喝之后立刻继之以笑，夺了之后立刻加倍奉还，批颊的手在中途软却，终于变批为抚。因为我立刻自悟其非：我要求孩子们的举止同我自己一样，何其乖谬！我——我们大人——的举止谨惕，是为了身体手足的筋觉已经受了种种现实的压迫而痉挛了的缘故。孩子们尚保有天赋的健全的身手与真朴活跃的元气，岂像我们的穷屈？揖让、进退、规行、矩步等大人们的礼貌，犹如刑具，都是戕贼这天赋的健全的身手的。于是活跃的人逐渐变成了手足麻痹、半身不遂的残废者。残废者要求健全者的举止同他自己一样，何其乖谬！

儿女对我的关系如何？我不曾预备到这世间来做父亲，故心中常是疑惑不明，又觉得非常奇怪。我与他们（现在）完全是异世界的人，他们比我聪明、健全得多；然而他们又是我所生的儿女。这是何等奇妙的关系！世人以膝下有儿女为幸福，希望以儿女永续其自我，我实在不解他们的心理。我以为世间人与人的关系，最自然最合理的莫如朋友。君臣、父子、昆弟、夫妇之情，在十分自然合理的时候都不外乎是一种广义的友谊。所以朋友之情，实在是一切人情的基础。“朋，同类也。”并育于大地上的人，都是同类的朋友，共为大自然的儿女。世间的人，忘却了他们的大父母，而只知有小父母，以为父母能生儿女，儿女为父母所生，故儿女可以永续父母的自我，而使之永存。于是无子者叹天道之无知，子不肖者自伤其天命，而狂进杯中之物，其实天道有何厚薄于其齐生并育的儿女！我真不解他们的心理。

近来我的心为四事所占据了：天上的神明与星辰，人间的艺术与儿童。这小燕子似的一群儿女，是在人世间与我因缘最深的儿童，他们在我心中占有与神明、星辰、艺术同等的地位。

戊辰〔1928〕年韦驮圣诞作于石湾[1]

1　本文篇末原未署日期。这里所署的日期是发表在《小说月报》时篇末所署。

儿戏[1]

人对人的交涉，总是用口的说话来讲理，
而不用身体的武力来相打的。

楼下忽然起了一片孩子们暴动的声音。他们的娘高声喊着："两只雄鸡又在斗了，爸爸快来劝解！"我不及放下手中的报纸，连忙跑下楼来。

原来是两个男孩在打架：六岁的元草要夺九岁的华瞻的木片头，华瞻不给，元草哭着用手打他的头；华瞻也哭着，双手擎起木片头，用脚踢元草的腿。

我放下报纸，用身体插入两孩子的中间，用两臂分别抱住了两孩子，对他们说："不许打！为的啥事体？大家讲！"元草竭力想摆脱我的手臂而向对方进攻，一面带哭带嚷地说："他不肯给我木片头！他不肯给我木片头！"似乎这就是他打

1　本篇曾载1933年3月27日《申报》。

人的正当理由。华瞻究竟比他大了三岁，最初静伏在我的臂弯里，表示不抵抗而听我调解，后来吃着口声辩："这些木片头原是我的！他要夺，我不给，他就打我！"元草用哭声接着说："他踢我！"华瞻改用直接交涉，对着他说："你先打！"在旁作壁上观的宝姐姐发表意见："轻记还重记，先打呒道理！"背后另一个又发表一种舆论："君子开口，小人动手！"我未及下评判，元草已猛力退出我的手臂，突然向对方袭击。他们的娘看我排解无效，赶过来将元草擒去，抱在怀里，用甘言骗住他。我也把华瞻抱在怀里，用话抚慰他。两孩子分别占据了两亲的怀里，暴动方始告终。这时候，"五香……豆腐干"的叫声在后门外亲切地响着，把脸上挂着眼泪的两孩子一齐从我们的怀里叫了出去。我拿了报纸重回楼上去的时候，已听到他们复交后的笑谈声了。

但我到了楼上，并不继续看报。因为我看刚才的事件，觉得比看报上的国际纷争直截明了得多。我想：世间人与人的对待，小的是个人对个人，大的是团体对团体。个人对待中最小的是小孩对小孩，团体对待中最大的是国家对国家。在文明的世间，除了最小的和最大的两极端而外，人对人的交涉，总是用口的说话来讲理，而不用身体的武力来相打的。例如要掠夺，也必用巧妙的手段；要侵占，也必立巧妙的名义：所谓"攻击"也只是辩论，所谓"打倒"也只是叫喊。故人对人虽怀怨害之心，相见还是点头握手，敷衍应酬。虽然也有用武力的人，但"君子开口，小人动手"，开化的世间是不通行用武力的。其中唯有最小的和最大的两极端不然：小孩对小孩的交涉，可以不讲理，而通行用武力来相打；国家对国家的交涉，也可以不讲理，而通行用武力来战争。战争就是大规模的相打。可知凡物相反对的两极端相通似，或相等。国际的事如儿戏，或等于儿戏。

一九三二年。[1]

1 本文篇末原未署日期。这里所署的日期是中华人民共和国成立后作者自编的《缘缘堂随笔》（人民文学出版社 1957 年 11 月初版）中篇末所署。

作父亲[1]

“看见好的嘴上应该说不好，
想要的嘴上应该说不要。”

楼窗下的弄里远地传来一片声音：“咿哟，咿哟……”渐近渐响起来。

一个孩子从算草簿中抬起头来，张大眼睛倾听一会，“小鸡！小鸡！”叫了起来。四个孩子同时放弃手中的笔，飞奔下楼，好像路上的一群麻雀听见了行人的脚步声而飞去一般。

我刚才扶起他们所带倒的凳子，拾起桌子上滚下去的铅笔，听见大门口一片呐喊：“买小鸡！买小鸡！”其中又混着哭声。连忙下楼一看，原来元草因为落伍而狂奔，在庭中跌了一交，跌痛了膝盖骨不能再跑，恐怕小鸡被哥哥、姐姐们买完了轮不着他，所以激烈地哭着。我扶了他走出大门口，看见一

1　本篇曾载1933年7月1日《文学》杂志第1卷第1号。

群孩子正向一个挑着一担“唧哟，唧哟”的人招呼，欢迎他走近来。元草立刻离开我，上前去加入团体，且跳且喊：“买小鸡！买小鸡！”泪珠跟了他的一跳一跳而从脸上滴到地上。

孩子们见我出来，大家回转身来包围了我。“买小鸡！买小鸡！”的喊声由命令的语气变成了请愿的语气，喊得比前更响了。他们仿佛想把这些音蓄入我的身体中，希望它们由我的口上开出来。独有元草直接拉住了担子的绳而狂喊。

我全无养小鸡的兴趣；而且想起了以后的种种麻烦，觉得可怕。但乡居寂寥，绝对屏除外来的诱惑而强迫一群孩子在看惯的几间屋子里隐居这一个星期日，似也有些残忍。且让这个“唧哟、唧哟”来打破门庭的岑寂，当作长闲的春昼的一种点缀吧。我就招呼挑担的，叫他把小鸡给我们看看。

他停下担子，揭开前面的一笼。“唧哟，唧哟”的声音忽然放大。但见一个细网的下面，蠕动着无数可爱的小鸡，好像许多活的雪球。五六个孩子蹲集在笼子的四周，一齐倾情地叫着“好来！好来！”一瞬间我的心也屏绝了思虑而没入在这些小动物的姿态的美中。体会了孩子们对于小鸡的热爱的心情。许多小手伸入笼中，竞指一只纯白的小鸡，有的几乎要隔网捉住它。挑担的忙把盖子无情地冒上，许多“唧哟，唧哟”的雪球和一群“好来，好来”的孩子就变成了咫尺天涯。孩子们怅望笼子的盖，依附在我的身边，有的伸手摸我的袋。我就向挑担的人说话：

“小鸡卖几钱一只？”

“一块洋钱四只。”

“这样小的，要卖二角半钱一只？可以便宜些否？”

“便宜勿得，二角半钱最少了。”

他说过，挑起担子就走。大的孩子脉脉含情地目送他，小的孩子拉住了我的衣襟而连叫：“要买！要买！”挑担的越走得快，他们喊得越响，我摇手止住孩子们的喊声，再向挑担的问：

“一角半钱一只卖不卖？给你六角钱买四只吧！”

“没有还价！”

他并不停步，但略微旋转头来说了这一句话，就赶紧向前面跑。“咿哟，咿哟”的声音渐渐地远起来了。

元草的喊声就变成哭声。大的孩子锁着眉头不绝地探望挑担者的背影，又注视我的脸色。我用手掩住了元草的口，再向挑担人远远地招呼：

“二角大洋一只，卖了吧！”

“没有还价！”

他说过便昂然地向前进行。悠长地叫出一声：“卖——小——鸡——！”其背影便在弄口的转角上消失了。我这里只留着一个嚎啕大哭的孩子。

对门的大嫂子曾经从矮门上探头出来看过小鸡，这时候就拿着针线走出来，倚在门上，笑着劝慰哭的孩子，她说：

“不要哭！等一会儿还有担子挑来，我来叫你呢！”她又笑着向我说：

“这个卖小鸡的想做好生意。他看见小孩子哭着要买，越是不肯让价了。昨天坍墙圈里买的一角洋钱一只，比刚才的还大一半呢！”

我同她略谈了几句，硬拉了哭着的孩子回进门来。别的孩子也懒洋洋地跟了进来。我原想为长闲的春昼找些点缀而走出门口来的，不料讨个没趣，扶了一个哭着的孩子而回进来。庭中柳树正在骀荡的春光中摇曳柔条，堂前的燕子正在安稳的新巢上低徊软语。我们这个刁巧的挑担者和痛哭的孩子，在这一片和平美丽的春景中很不调和啊！

关上大门，我一面为元草揩拭眼泪，一面对孩子们说：

“你们大家说‘好来，好来’‘要买，要买’，那人就不肯让价了！”

小的孩子听不懂我的话，继续抽噎着；大的孩子听了我的话若有所思。我继续抚慰他们：

“我们等一会再来买吧，隔壁大妈会喊我们的。但你们下次……”

我不说下去了。因为下面的话是“看见好的嘴上不可说好，想要的嘴上不可说要”。倘再进一步，就变成“看见好的嘴上应该说不好，想要的嘴上应该说不要”了。在这一片天真烂漫光明正大的春景中，向哪里容藏这样教导孩子的一个父亲呢？

廿二〔1933〕年五月二十日

送阿宝出黄金时代

希望你努力自爱，勿贻我忧而已。

阿宝，我和你在世间相聚，至今已十四年了，在这五千多天内，我们差不多天天在一处，难得有分别的日子。我看着你呱呱坠地，嘤嘤学语，看你由吃奶改为吃饭，由匍匐学成跨步。你的变态微微地逐渐地展进，没有痕迹，使我全然不知不觉，以为你始终是我家的一个孩子，始终是我们这家庭里的一种点缀，始终可做我和你母亲的生活的慰安者。然而近年来，你态度行为的变化，渐渐证明其不然。你已在我们的不知不觉之间长成了一个少女，快将变为成人了。古人谓“父母之年不可不知也，一则以喜，一则以惧。”我现在反行了古人的话，在送你出黄金时代的时候，也觉得悲喜交集。

所喜者，近年来你的态度行为的变化，都是你将由孩子变成成人的表示。我的辛苦和你母亲的劬劳似乎有了成绩，私心庆慰。所悲者，你的黄金时代快要度尽，现实渐渐暴露，你将停止你的美丽的梦，而开始生活的奋斗了，我们仿佛丧失了一个从小依傍在身边的孩子，而另得了一个新交的知友。“乐莫乐于新相知”；然而旧日天真烂漫的阿宝，从此永远不得再见了！

记得去春有一天，我拉了你的手在路上走。落花的风把一阵柳絮吹在你的头发上，脸孔上，和嘴唇上，使你好像冒了雪，生了白胡须。我笑着搂住了你的肩，用手帕为你拂拭。你也笑着，仰起了头依在我的身旁。这在我们原是极寻常的事：以前每天你吃过饭，是我同你洗脸的。然而路上的人向我们注视，对我们窃笑，其意思仿佛在说：“这样大的姑娘儿，还在路上教父亲搂住了拭脸孔！”我忽然看见你的身体似乎高大了，完全发育了，已由中性似的孩子变成十足的女性了。我忽然觉得，我与你之间似乎筑起一堵很高、很坚、很厚的无影的墙。你在我的怀抱中长起来，在我的提携中大起来；但从今以后，我和你将永远分居于两个世界了。一刹那间我心中感到深痛的悲哀。我怪怨你何不永远做一个孩子而定要长大起来，我怪怨人类中何必有男女之分。然而怪怨之后立刻破悲为笑。恍悟这不是当然的事，可喜的事吗？

记得有一天，我从上海回来。你们兄弟姊妹照例拥在我身旁，等候我从提箱中取出“好东西”来分。我欣然地取出一束巧格力来，分给你们每人一包。你的弟妹们到手了这五色金银的巧格力，照例欢喜得大闹一场，雀跃地拿去尝新了。你受持了这赠品也表示欢喜，跟着弟妹们去了。然而过了几天，我偶然在楼窗中望下来，看见花台旁边，你拿着一包新开的巧格力，正在分给弟妹三人。他们各自争多嫌少，你忙着为他们均分。在一块缺角的巧格力上添了一张五色金银的包纸派给小妹妹了，方才三面公平。他们欢喜地吃糖了，你也欢喜地看他们吃。这使我觉得惊奇。吃巧格力，向来是我家儿童们的一大乐事。因为乡村里只有箬叶包的糖塌饼，草纸包的状元糕，没有这种五色金银的糖果；只有甜煞的粽子糖，咸煞的盐青果，没有这种异香异味的糖果。所以我每次到上海，一定要买些回来分给儿童，借添家庭的乐趣。儿童们切望我回家的目的，大半就在这"好东西"上。你向来也是这"好东西"的切望者之一人。你曾经和弟妹们赌赛谁是最后吃完；你曾经把五色金银的锡纸积受起来制成华丽的手工品，使弟妹们艳羡。这回你怎么一想，肯把自己的一包藏起来，如数分给弟妹们吃呢？我看你为他们分均匀了之后表示非常的欢喜，同从前赌得了最后吃完时一样，不觉倚在楼上独笑起来。因为我忆起了你小时候的事：十来年之前，你是我家里的一个捣乱分子，每天为了要求的不满足而哭几场，挨母亲打几顿。你吃蛋只要吃蛋黄，不要吃蛋白，母亲偶然夹一筷蛋白在你的饭碗里，你便把饭粒和蛋白乱拨在桌子上，同时大喊"要黄！要黄！"你以为凡物较好者就叫做"黄"。所以有一次你要小椅子玩耍，母亲搬一个小凳子给你，你也大喊"要黄！要黄！"你要长竹竿玩，母亲拿一根

“史的克”[1]给你，你也大喊“要黄！要黄！”你看不起那时候还只一二岁而不会活动的软软。吃东西时，把不好吃的东西留着给软软吃；讲故事时，把不幸的角色派给软软当。向母亲有所要求而不得允许的时候，你就高声地问：“当错软软吗？当错软软吗？”你的意思以为：软软这个人要不得，其要求可以不允许；而阿宝是一个重要不过的人，其要求岂有不允许之理？今所以不允许者，大概是当错了软软的原故。所以每次高声地提醒你母亲，务要她证明阿宝正身，允许一切要求而后已。这个一味“要黄”而专门欺侮弱小的捣乱分子，今天在那里牺牲自己的幸福来增殖弟妹们的幸福，使我看了觉得可笑，又觉得可悲。你往日的一切雄心和梦想已经宣告失败，开始在遏制自己的要求，忍耐自己的欲望，而谋他人的幸福了；你已将走出惟我独尊的黄金时代，开始在尝人类之爱的辛味了。

记得去年有一天，我为了必要的事，将离家远行。在以前，每逢我出门了，你们一定不高兴，要阻住我，或者约我早归。在更早的以前，我出门须得瞒过你们。你弟弟后来寻我不着，须得哭几场。我回来了，倘预知时期，你们常到门口或半路上来迎候。我所描的那幅题曰《爸爸还不来》的画，便是以你和你的弟弟的等我归家为题材的。因为我在过去的十来年中，以你们为我的生活慰安者，天天晚上和你们谈故事，作游戏，吃东西，使你们都觉得家庭生活的温暖，少不来一个爸爸，所以不肯放我离家。去年这一天我要出门了，你的弟妹们

1 史的克：英文 stick 的译音，意即手杖。

照旧为我惜别，约我早归。我以为你也如此，正在约你何时回家和买些什么东西来，不意你却劝我早去，又劝我迟归，说你有种种玩意可以骗住弟妹们的阻止和盼待。原来你已在我和你母亲谈话中闻知了我此行有早去迟归的必要，决意为我分担生活的辛苦了。我此行感觉轻快，但又感觉悲哀。因为我家将少却了一个黄金时代的幸福儿。

以上原都是过去的事，但是常常切在我的心头，使我不能忘却。现在，你已做中学生，不久就要完全脱离黄金时代而走向成人的世间去了。我觉得你此行比出嫁更重大。古人送女儿出嫁诗云："幼为长所育，两别泣不休。对此结中肠，义往难复留。"你出黄金时代的"义往"，实比出嫁更"难复留"，我对此安得不"结中肠"？所以现在追述我的所感，写这篇文章来送你。你此后的去处，就是我这册画集里所描写的世间。我对于你此行很不放心。因为这好比把你从慈爱的父母身旁遣嫁到恶姑的家里去，正如前诗中说："自小阙内训，事姑贻我忧。"事姑取甚样的态度，我难于代你决定。但希望你努力自爱，勿贻我忧而已。

约十年前，我曾作一册描写你们的黄金时代的画集（《子恺画集》）。其序文（《给我的孩子们》）中曾经有这样的话："我的孩子们！我憧憬于你们的生活，每天不止一次！我想委曲地说出来，使你们自己晓得。可惜到你们懂得我的话的时候，你们将不复是可以使我憧憬的人了。这是何等可悲哀的事啊！""但是你们的黄金时代有限，现实终于要暴露的。这是我经验过来的情形，也是大人们谁也经验过来的情形。我眼看见儿时伴侣中的英雄、好汉，一个个退缩、顺从、妥协、屈服起来，到像绵羊的地步。我自己也是如此，后之视今，亦犹今之视昔，你们不久也要走这条路呢！”写这些话时的情景还历历在目，而现在你果然已经“懂得我的话”了！果然也要“走这条路”了！无常迅速，念此又安得不“结中肠”啊！

廿三〔1934〕年岁暮，选辑近作漫画，定名为《人间相》，付开明出版。选辑既竟，取十年前所刊《子恺画集》比较之，自觉画趣大异。读序文，不觉心情大异。遂写此篇，以为《人间相》辑后感。

辑二

傅雷家书

傅雷和傅聪一起看书

傅雷

1908年4月7日 —1966年9月3日

字怒安，号怒庵，生于原江苏省南汇县下沙乡(今上海市浦东新区航头镇)，翻译家、作家、教育家、美术评论家，中国民主促进会的重要缔造者之一。傅雷早年留学法国巴黎大学。他翻译了大量的法文作品，其中包括巴尔扎克、罗曼·罗兰、伏尔泰等名家著作。

家书系傅雷夫妇写给孩子傅聪、傅敏的家信摘编。他们苦心孤诣、呕心沥血地培养两个孩子（傅聪——著名钢琴大师、傅敏——英语特级教师），教育他们先做人，后成“家”，是培养孩子独立思考、因材施教等教育思想的成功范例，因此傅雷夫妇也成为了中国的典范父母。傅敏曾说：“爸爸妈妈给我们写信，略有分工，妈妈侧重于生活琐事，爸爸侧重于启发教育。”傅雷的好友楼适夷曾说过：“《傅雷家书》的出版，是一桩值得欣慰的好事。它告诉我们：一颗纯洁、正直、真诚、高尚的灵魂，尽管有时会遭受到意想不到的磨难、污辱、迫害，陷入似乎不齿于人群的绝境，而最后真实的光不能永远湮灭，还是要为大家所认识，使它的光焰照彻人间，得到它应该得到的尊敬和爱。”

永远保持赤子之心，
到老也不会落伍。
永远能够与普天下的赤子之心相接相契相抱！

你的意志，终于抬头了

傅聪：

……昨晚七时一刻至八时五十分电台广播你在市三[1]弹的四曲 Chopin〔肖邦〕[2]，外加 encore〔加奏〕[3]的一支 *Polonaise*〔《波洛奈兹》〕[4]，效果甚好，就是低音部分模糊得很；琴声太扬，像我第一天晚上到小礼堂空屋子里去听的情形。以演奏而论，我觉得大体很好，一气呵成，精神饱满，细腻的地方非常细腻，tone colour〔音色〕变化的确很多。我们听了都很高兴，很感动。好孩子，我真该夸奖你几句才好。回想五一年四月刚从昆明回沪的时期，你真是从低洼中到了半山腰了。希望你从此注意整个的修养，将来一定能攀登峰顶。从你的录音中清清楚楚感觉到你一切都成熟多了，尤其是我盼望了多少年

1　傅聪赴京准备出国前，上海音协在上海原市立第三女子中学为他举办告别音乐会。

2　肖邦（1810—1849）：波兰作曲家。

3　加奏：喝彩用语，意为“再来一个”。

4　《波洛奈兹》：波兰的一种舞曲，源于17世纪波兰宫廷礼仪的伴随音乐。

的——你的意志，终于抬头了。我真高兴，这一点我看得比什么都重。你能掌握整个的乐曲，就是对艺术加强深度，也就是你的艺术灵魂更坚强更广阔，也就是你整个的人格和心胸扩大了。孩子，我要重复 Bronstein〔勃隆斯丹〕[1] 信中的一句话，就是我为了你而感到骄傲！

今天是除夕了，想到你在远方用功，努力，我心里说不尽的欢喜。别了，孩子，我在心中拥抱你！

一九五四年二月二日（除夕）

1 勃隆斯丹：原上海音乐学院苏联籍教师，曾指导傅聪学习钢琴。

将来多多修养，把技术克服

傅聪：

音乐会成绩未能完全满意，还是因为根基问题。将来多多修养，把技术克服，再把精神训练得容易集中，一定可大为改善。钱伯伯前几天来信，因我向他提过，故说“届时当作牛听贤郎妙奏”，其实那时你已弹过了，可见他根本没知道。且钱伯母最近病了一星期，恐校内消息更隔膜。

…………

我仍照样忙，正课未开场，旧译方在校对；而且打杂的事也多地很。林伯伯[1]论歌唱的书稿，上半年一定要替他收场，现在每周要为他花四五小时。柯灵先生写了一个电影剧本又要我提意见。

一九五四年三月五日夜

1　林伯伯：指林俊卿，著名内科医生，著名男中音歌唱家、声学研究专家，曾任声学研究所所长。

处处都要靠你个人的毅力、信念与意志

傅聪：

在公共团体中，赶任务而妨碍正常学习是免不了的，这一点我早料到。一切只有你自己用坚定的意志和立场，向领导婉转而有力地去争取。否则出国的准备又能做到多少呢？——特别是乐理方面，我一直放心不下。从今以后，处处都要靠你个人的毅力、信念与意志——实践的意志。……

另外一点我可以告诉你：就是我一生任何时期，闹恋爱最热烈的时候，也没有忘却对学问的忠诚。学问第一，艺术第一，真理第一，爱情第二，这是我至此为止没有变过的原则。你的情形与我不同：少年得志，更要想到“盛名之下，其实难副”，更要战战兢兢，不负国人对你的期望。你对政府的感激，只有用行动来表现才算是真正的感激！我想你心目中的上帝一定也是 Bach〔巴赫〕[1]、Beethoven〔贝多芬〕[2]、Chopin〔肖邦〕等等第一，爱人第二。既然如此，你目前所能支配的精力与时间，只能贡献给你第一个偶像，还轮不到第二个神明。你说是不是？可惜你没有早学好写作的技术，否则过剩的感情就可用写作（乐曲）来发泄，一个艺术家必须能把自己的感情"升华"，才能于人有益。我绝不是看了来信，夸张你的苦闷，因而着急；但我知道你多少是有苦闷的，我随便和你谈谈，也许能帮助你廓清一些心情。

一九五四年三月二十四日上午

1　巴赫（1685—1750）：德国作曲家。
2　贝多芬（1770—1827）：德国作曲家。

我祝贺你有跟自己斗争的勇气

孩子[1]：

接十七日信，很高兴你又过了一关。人生的苦难，theme〔主题〕不过是这几个，其余只是 variations〔变奏曲〕而已。爱情的苦汁早尝，壮年中年时代可以比较冷静。古语说得好，塞翁失马，未始非福。你比一般青年经历人事都更早，所以成熟也早。这一回痛苦的经验，大概又使你灵智的长成进了一步。你对艺术的领会又可深入一步。我祝贺你有跟自己斗争的勇气。一个又一个的筋斗栽过去，只要爬得起来，一定会逐渐攀上高峰，超脱在小我之上。辛酸的眼泪是培养你心灵的酒浆。不经历尖锐的痛苦的人，不会有深厚博大的同情心。所以孩子，我很高兴你这种蜕变的过程，但愿你将来比我对人生有更深切的了解，对人类有更热烈的爱，对艺术有更诚挚的信心！孩子，

1　孩子：指傅聪。

我相信你一定不会辜负我的期望。

我对于你的学习（出国以前的）始终主张减少练琴时间，俄文也勿太紧张；倒是乐理要加紧准备。我预言你出国以后两年之内，一定要深感这方面的欠缺。故出去以前要尽量争取基本常识。

三四月在北京是最美的季节（除了秋天之外）；丁香想已开罢，接着是牡丹盛放。有空不妨上中山公园玩玩。中国的古代文物当然是迷人的，我也常常缅怀古都，不胜留恋呢。

最近正加工为林伯伯修改讨论歌唱的文字；精神仍未完全复原，自己的工作尚未正式开始。

一九五四年四月二十一日

对实际事务多注意些，应办的即办

傅聪：

……孩子，希望你对实际事务多注意些，应办的即办，切勿懒洋洋地拖宕。夜里摆龙门阵的时间，可以打发不少事情呢。宁可先准备好了再玩。

也许这是你出国以前接到的最后一信了，也许连这封信也来不及收到，思之怆然。要嘱咐你的话是说不完的，只怕你听得起腻了。可是关于感情问题，我还是要郑重告诫：无论如何要克制，以前途为重，以健康为重。在外好好利用时间，不但要利用时间来工作，还要利用时间来休息、写信。别忘了杜甫那句诗："家书抵万金"！

一九五四年七月四日晨

青年人最容易给人一个“忘恩负义”的印象

傅聪：

你的生活我想象得出，好比一九二九年我在瑞士。但你更幸运，有良师益友为伴，有你的音乐做你崇拜的对象。我二十一岁在瑞士正患着青春期的、浪漫蒂克的忧郁病：悲观、厌世、彷徨、烦闷、无聊；我在《贝多芬传》译序中说的就是指那个时期。孩子，你比我成熟多了，所有青春期的苦闷，都提前几年，早在国内度过，所以你现在更能够定下心神，发愤为学；不至于像我当年蹉跎岁月，到如今后悔无及。

你的弹琴成绩，叫我们非常高兴。对自己父母，不用怕“自吹自捧”的嫌疑，只要同时分析一下弱点，把别人没说出而自己感觉到的短处也一齐告诉我们。把人家的赞美报告我们，是你对我们最大的安慰；但同时必须深深地检讨自己的缺陷。这样，你写的信就不会显得过火；而且这种自我批判的功夫也好比一面镜子，对你有很大帮助。把自己的思想写下来（不管在信中或是用别的方式），比着光在脑中空想是大不同的。写下来需要正确精密的思想，所以写在纸上的自我检讨，格外深刻，对自己也印象深刻。你觉得我这段话对不对？

我对你这次来信还有一个很深的感想，便是你的感觉性极强、极快。这是你的特长，也是你的缺点。你去年一到波兰，弹 Chopin〔肖邦〕的 style〔风格〕立刻变了，回国后却保持不住，这一回一到波兰又变了。这证明你的感受力极快。但是天下事有利必有弊，有长必有短，往往感受快的，不能沉浸得深，不能保持得久。去年时期短促，固然不足为定论。但你至少得承认，你的不容易“牢固执着”是事实。我现在特别提醒你，希望你时时警惕，对于你新感受的东西不要让它浮在感受的表面；而要仔细分析，究竟新感受的东西，和你原来的观念、情绪、表达方式有何不同。这是需要冷静而强有力的智力，才能分析清楚的。希望你常常用这个步骤来“巩固”你很快得来的新东西（不管是技术还是表达）。长此做去，不但你的演奏风格可以趋于稳定、成熟（当然所谓稳定不是刻板化、公式化），而且你一般的智力也可大大提高，受到锻炼。孩子！记住这些！深深地记住！还要实地做去！这些话我相信只有我能告诉你。

还要补充几句：弹琴不能徒恃 sensation〔感觉〕，sensibility〔感受，敏感〕。那些心理作用太容易变。从这两方面得来的，必要经过理性的整理、归纳，才能深深地化入自己的心灵，成为你个性的一部分，人格的一部分。当然，你在波兰几年住下来，熏陶的结果，多少也（自然而然的）会把握住精华。但倘若你事前有了思想准备，特别在智力方面多下功夫，那么你将来的收获一定更大更丰富，基础也更稳固。再说得明白些：艺术家天生敏感，换一个地方，换一批群众，换一种精神气氛，不知不觉会改变自己的气质与表达方式。但主要的是你心灵中最优秀最特殊的部分，从人家那儿学来的精华，都要紧紧抓住，深深地种在自己性格里，无论何时何地这一部分始终不变。这样你才能把独有的特点培养得厚实。

你记住一句话：青年人最容易给人一个“忘恩负义”的印象。其实他是眼睛望着前面，饥渴一般地忙着吸收新东西，并不一定是“忘恩负义”；但懂得这心理的人很少。你千万不要让人误会。

一九五四年八月十一日午前

要在举动、态度、礼貌各方面吸收别人的长处

傅聪：

你素来有两个习惯：一是到别人家里，进了屋子，脱了大衣，却留着丝围巾；二是常常把手插在上衣口袋里，或是裤袋里。这两件都不合西洋的礼貌。围巾必须和大衣一同脱在衣帽间，不穿大衣时，也要除去围巾。手插在上衣袋里比插在裤袋里更无礼貌，切忌切忌！何况还要使衣服走样，你所来往的圈子特别是有教养的圈子，一举一动务须特别留意。对客气的人，或是师长，或是老年人，说话时手要垂直，人要立直。你这种规矩成了习惯，一辈子都有好处。

在饭桌上，两手不拿刀叉时，也要平放在桌面上，不能放在桌下，搁在自己腿上或膝盖上。你只要留心别的有教养的青年就可知道。刀叉尤其不要掉在盘下，叮叮当当的！

出台行礼或谢幕，面部表情要温和，切勿像过去那样太严

肃。这与群众情绪大有关系，应及时注意。只要不急，心里放平静些，表情自然会和缓。

总而言之，你要学习的不仅仅在音乐，还要在举动、态度、礼貌各方面吸收别人的长处。这些，我在留学的时代是极注意的；否则，我对你们也不会从小就管这管那，在各种 manners〔礼节，仪态〕方面跟你们烦了。但望你不要嫌我烦琐，而要想到一切都是要使你更完满、更受人欢喜！

一九五四年八月十六日晚

永远保持赤子之心

傅聪：

早预算新年中必可接到你的信，我们都当作等待什么礼物一般地等着。果然昨天早上收到你波兰来信[1]，而且是多少可喜的消息。孩子！要是我们在会场上，一定会禁不住涕泗横流的。世界上最高的最纯洁的欢乐，莫过于欣赏艺术，更莫过于欣赏自己的孩子的手和心传达出来的艺术！其次，我们也因为你替祖国增光而快乐！更因为你能借音乐而使多少人欢笑而快乐！想到你将来一定有更大的成就，没有止境的进步，为更多的人更广大的群众服务，鼓舞他们的心情，抚慰他们的创痛，我们真是心都要跳出来了！能够把不朽的大师的不朽的作品发扬光大，传布到地球上每一个角落去，真是多神圣，多光荣的使命！孩子，你太幸福了，天待你太厚了。我更高兴的更安慰

1　傅聪于 1955 年 1 月 16 日写给父母的信，主要报告了 1 月 8 日、9 日和 13 日在波兰古城克拉科夫开的三次音乐会的情况。

的是：多少过分的谀辞与夸奖，都没有使你丧失自知之明，众人的掌声、拥抱，名流的赞美，都没有减少你对艺术的谦卑！总算我的教育没有白费，你二十年的折磨没有白受！你能坚强（不为胜利冲昏了头脑是坚强的最好的证据），只要你能坚强，我就一辈子放了心！成就的大小、高低，是不在我们掌握之内的，一半靠人力，一半靠天赋，但只要坚强，就不怕失败，不怕挫折，不怕打击——不管是人事上的，生活上的，技术上的，学习上的——打击；从此以后你可以孤军奋斗了。何况事实上有多少良师益友在周围帮助你，扶掖你。还加上古今的名著，时时刻刻给你精神上的养料！孩子，从今以后，你永远不会孤独的了，即使孤独也不怕的了！

赤子之心这句话，我也一直记住的。赤子便是不知道孤独的。赤子孤独了，会创造一个世界，创造许多心灵的朋友！永远保持赤子之心，到老也不会落伍，永远能够与普天下的赤子之心相接相契相抱！你那位朋友说得不错，艺术表现的动人，一定是从心灵的纯洁来的！不是纯洁到像明镜一般，怎能体会到前人的心灵？怎能打动听众的心灵？

斯曼齐安卡说的肖邦协奏曲的话，使我想起前二信你说Richter〔李赫特〕弹柴可夫斯基的协奏曲的话。一切真实的成就，必有人真正的赏识。

音乐院长说你的演奏像流水、像河；更令我想到克利斯朵夫的象征。天舅舅说你小时候常以克利斯朵夫自命；而你的个性居然和罗曼·罗兰的理想有些相像了。河，莱茵，江声浩荡……钟声复起，天已黎明……中国正到了“复旦”的黎明时期，但愿你做中国的——新中国的——钟声，响遍世界，响遍每个人的心！滔滔不竭的流水，流到每个人的心坎里去，把大家都带着，跟你一块到无边无岸的音响的海洋中去吧！名闻世界的扬子江与黄河，比莱茵的气势还要大呢！……黄河之水天上来，奔流到海不复回！……无边落木萧萧下，不尽长江滚滚来！……有这种诗人灵魂的传统的民族，应该有气吞牛斗的表现才对。

你说常在矛盾与快乐之中，但我相信艺术家没有矛盾不会进步，不会演变，不会深入。有矛盾正是生机蓬勃的明证。眼前你感到的还不过是技巧与理想的矛盾，将来你还有反复不已更大的矛盾呢：形式与内容的枘凿，自己内心的许许多多不可预料的矛盾，都在前途等着你。别担心，解决一个矛盾，便是前进一步！矛盾是解决不完的，所以艺术没有止境，没有 perfect〔完美〕的一天，人生也没有 perfect〔完美〕的一天！唯其如此，才需要我们日以继夜，终生地追求、苦练；要不然大家做了羲皇上人，垂手而天下治，做人也太腻了！

一九五五年一月二十六日

晚上睡觉切勿太迟

傅聪：

这两天开始恢复工作；一面也补看文件，读完了刘少奇同志在“八大”的报告，颇有些感想，觉得你跟我有些地方还是不够顾到群众，不会用适当的方法去接近、去启发群众。希望你静下来把这次回来的经过细想一想，可以得出许多有益的结论。尤其是我急躁的脾气，应当作为一面镜子，随时使你警惕。感情问题，务必要自己把握住，要坚定，要从大处远处着眼，要顾全局，不要单纯地逞一时之情，要极冷静，要顾到几个人的幸福，短视的软心往往会对人对己造成长时期的不必要的痛苦！孩子，这些话千万记住。爸爸妈妈最不放心的就是这些。

学习方面，我还要重复一遍：重点计划必不可少。平日生活要过得有规律一些，晚上睡觉切勿太迟。……

一九五六年十月十日深夜

希望你永远做一个有一颗慈悲的心的强者

傅聪：

亲爱的孩子，昨天寄了一信，附传达报告七页。兹又寄上传达报告四页。还有别的材料，回沪整理后再寄。在京实在抽不出时间来，东奔西跑，即使有车，也很累。这两次的信都硬撑着写的。

毛主席的讲话，那种口吻，音调，特别亲切平易，极富于幽默感；而且没有教训口气，速度恰当，间以适当的 pause〔停顿〕，笔记无法传达。他的马克思主义是到了化境的，随手拈来，都成妙谛，出之以极自然的态度，无形中渗透听众的心。讲话的逻辑都是隐而不露，真是艺术高手。……他的胸襟宽大，思想自由，和我们旧知识分子没有分别，加上极灵活地运用辩证法，当然国家大事掌握得好了。毛主席是真正把古今中外的哲理融会贯通了的人。

我的感觉是百花齐放、百家争鸣确是数十年的教育事业，我们既要耐性等待，又要友好斗争；自己也要时时刻刻求进步，所谓自我改造，教条主义、官僚主义，我认为主要有下列几个原因：一是阶级斗争太剧烈了，老干部经过了数十年残酷内战与革命，到今日已是中年以上，生理上即已到了衰退阶段；再加多数人身上带着病，精神更不充沛，求知与学习的劲头自然不足了。二是阶级斗争时敌人就在面前，不积极学习战斗就得送命，个人与集体的安全利害紧接在一起；革命成功了，敌人远了，美帝与原子弹等等，近乎抽象的威胁，故不大肯积极学习社会主义建设的门道。三是革命成功，多少给老干部一些自满情绪，自命劳苦功高，对新事物当然不大愿意屈尊去体会。四是社会发展得快，每天有多少事需要立刻决定，既没有好好学习，只有简单化，以教条主义、官僚主义应付。这四点是造成官僚、主观、教条的重要因素。……反过来，我亲眼见过中级干部从解放军复员而做园艺工作，四年工夫已成了出色的专家。佛子岭水库的总指挥也是复员军人出身，遇到工程师们各执一见，相持不下时，他出来凭马列主义和他专业的学习下的结论，每次都很正确。可见只要年富力强，只要有自信，有毅力，死不服气地去学技术，外行变为内行也不是太难的。党内要是这样的人再多一些，官僚主义等等自会逐步减少。

毛主席的话和这次会议给我的启发很多，下次再和你谈。

从马先生处知道你近来情绪不大好，你看了上面这些话，或许会好一些。千万别忘了我们处在大变动时代，我国如此，别国也如此。毛主席只有一个，别国没有，弯路不免多走一些，知识分子不免多一些苦闷，这是势所必然，不足为怪的。苏联的失败经验省了我们许多力气；中欧各国将来也会参照我们的做法慢慢地好转。在一国留学，只能集中精力学其所长；对所在国的情形不要太忧虑，自己更不要因之而沮丧。我常常感到，真正积极、真正热情，肯为社会主义事业努力的朋友太少了，但我还是替他们打气，自己还是努力斗争。到北京来我给楼伯伯、庞伯伯、马先生打气。

自己先要锻炼得坚强，才不会被环境中的消极因素往下拖，才有剩余的精力对朋友们喊"加油加油"！你目前的学习环境真是很理想了，尽量钻研吧。室外的低气压，不去管它。你是波兰的朋友，波兰的儿子，但赤手空拳，也不能在他们的建设中帮一手。唯一报答她的办法是好好学习，把波兰老师的本领，把波兰音乐界给你的鼓励与启发带回到祖国来，在中国播一些真正对波兰友好的种子。他们的知识分子彷徨，你可不必彷徨。伟大的毛主席远远地发出万丈光芒，照着你的前路，你得不辜负他老人家的领导才好。

我也和马先生、庞伯伯细细商量过，假如改往苏联学习，一般文化界的空气也许要健全些，对你有好处；但也有一些教条主义味儿，你不一定吃得消；日子长了，你也要叫苦。他们的音乐界，一般比较属于 cold〔冷静〕型，什么时候能找到一个老师对你能相忍相让，容许你充分自由发展的，很难有把握。马先生认为苏联的学派与教法与你不大相合。我也同意此点。最后，改往苏联，又得在语言文字方面重起炉灶，而你现在是经不起耽搁的。周扬先生听我说了杰老师的学问，说："多学几年就多学几年吧。"（几个月前，夏部长有信给我，怕波兰动荡的环境，想让你早些回国。现在他看法又不同了。）你该记得，胜利以前的一年，我在上海集合十二三个朋友（内有宋伯伯、姜椿芳、两个裘伯伯等等），每两周聚会一次，由一个人作一个小小学术讲话；然后吃吃茶点，谈谈时局，交换消息。那个时期是我们最苦闷的时期，但我们并不消沉，而是纠集了一些朋友自己造一个健康的小天地，暂时躲一下。你现在的处境和我们那时大不相同，更无须情绪低落。我的性格的坚韧，还是值得你学习的。我的脆弱是在生活细节方面，可不在大问题上。希望你坚强，想想过去大师们的艰苦奋斗，想想克利斯朵夫那样的人物，想想莫扎特、贝多芬；挺起腰来，不随便受环境影响！别人家的垃圾，何必多看？更不必多烦心。做客应当多注意主人家的美的地方；你该像一只久饥的蜜蜂，尽量吮吸鲜花的甘露，酿成你自己的佳蜜。何况你既要学 piano〔钢琴〕，又要学理论，又要弄通文字，整天在艺术、学术的空气中，忙还忙不过来，怎会有时间多想邻人的家务事呢？

亲爱的孩子，听我的话吧，爸爸的一颗赤诚的心，忙着为周围的几个朋友打气，忙着管闲事，为社会主义事业尽一分极小的力，也忙着为本门的业务加工，但求自己能有寸进；当然更要为你这儿子做园丁与警卫的工作：这是我的责任，也是我的乐趣。多多休息，吃得好，睡得好，练琴时少发泄感情，（谁也不是铁打的！）生活有规律些，自然身体会强壮，精神会饱满，一切会乐观。万一有什么低潮来，想想你的爸爸举着他一双瘦长的手臂远远地在支撑你；更想想有这样坚强的党、政府与毛主席，时时刻刻做出许多伟大的事业，发出许多伟大的言论，无形中但是有效地在鼓励你前进！平衡身心，平衡理智与感情，节制肉欲，节制感情，节制思想，对像你这样的青年是有好处的。修养是整个的，全面的；不仅在于音乐，特别在于做人——不是狭义地做人，而是包括对世界，对政局的看法与态度。二十世纪的人，生在社会主义国家之内，更需要冷静的理智，唯有经过铁一般的理智控制的感情才是健康的，才能对艺术有真正的贡献。孩子，我千言万语也说不完，我相信你一切都懂，问题只在于实践！我腰酸背疼，两眼昏花，写不下去了。我祝福你，我爱你，希望你强，更强，永远做一个强者，有一颗慈悲的心的强者！

一九五七年三月十八日深夜于北京

要对婚后的责任培养一种忠诚、庄严、虔敬的心情

傅聪：

亲爱的孩子，八月二十日报告的喜讯使我们心中说不出的欢喜和兴奋。你在人生的旅途中踏上一个新的阶段，开始负起新的责任来，我们要祝贺你，祝福你，鼓励你。希望你拿出像对待音乐艺术一样的毅力、信心、虔诚，来学习人生艺术中最高深的一课。但愿你将来在这一门艺术中得到像你在音乐艺术中一样的成功！发生什么疑难或苦闷，随时向一二个正直而有经验的中老年人讨教，（你在伦敦已有一年八个月，也该有这样的老成的朋友吧？）深思熟虑，然后决定，切勿单凭一时冲动：只要你能做到这几点，我们也就放心了。

对终身伴侣的要求，正如对人生一切的要求一样不能太苛。事情总有正反两面：追得你太迫切了，你觉得负担重；追得不紧了，又觉得不够热烈。温柔的人有时会显得懦弱，刚

强了又近乎专制。幻想多了未免不切实际，能干的管家太太又觉得俗气。只有长处没有短处的人在哪儿呢？世界上究竟有没有十全十美的人或事物呢？抚躬自问，自己又完美到什么程度呢？这一类的问题想必你考虑过不止一次。我觉得最主要的还是本质的善良，天性的温厚，开阔的胸襟。有了这三样，其他都可以逐渐培养；而且有了这三样，将来即使遇到大大小小的风波也不致变成悲剧。做艺术家的妻子比做任何人的妻子都难；你要不预先明白这一点，即使你知道“责人太严，责己太宽”，也不容易学会明哲、体贴、容忍。只要能代你解决生活琐事，同时对你的事业感到兴趣就行，对学问的钻研等等暂时不必期望过奢，还得看你们婚后的生活如何。眼前双方先学习相互的尊重、谅解、宽容。

对方把你作为她整个的世界固然很危险，但也很宝贵！你既已发觉，一定会慢慢点醒她；最好旁敲侧击而勿正面提出，还要使她感到那是为了维护她的人格独立，扩大她的世界观。倘若你已经想到奥里维的故事，不妨就把那部书叫她细读一二遍，特别要她注意那一段插曲。像雅葛丽纳那样只知道love，love， love！〔爱，爱，爱！〕的人只是童话中人物，在现实世界中非但得不到love，连日子都会过不下去，因为她除了love一无所知，一无所有，一无所爱。这样狭窄的天地哪像一个天地！这样片面的人生观哪会得到幸福！无论男女，只有把兴趣集中在事业上，学问上，艺术上，尽量抛开渺小的自我〔ego〕，才有快活的可能，才觉得活得有意义。未经世事的少女往往会存一个荒诞的梦想，以为恋爱时期的感情的高潮也能在婚后维持下去。这是违反自然规律的妄想。古语说，“君子之交淡如水”；又有一句话说，“夫妇相敬如宾”。可见只有平静、含蓄、温和的感情方能持久；另外一句的意义是说，夫妇到后来完全是一种知己朋友的关系，也即是我们所谓的终身伴侣。未婚之前双方能深切领会到这一点，就为将来打定了最可靠的基础，免除了多少不必要的误会与痛苦。

你是以艺术为生命的人，也是把真理、正义、人格等等看作高于一切的人，也是以工作为乐的人；我用不着唠叨，想你早已把这些信念表白过，而且竭力灌输给对方的了。我只想提醒你几点：第一，世界上最有力的论证莫如实际行动，最有效的教育莫如以身作则；自己做不到的事千万勿要求别人；自己也要犯的毛病先批评自己，先改自己的。第二，永远不要忘了我教育你的时候犯的许多过严的毛病。我过去的错误要是能使你避免同样的错误，我的罪过也可以减轻几分；你受过的痛苦不再施之于他人，你也不算白白吃苦。总的来说，尽管指点别人，可不要给人“好为人师”的感觉。（你还记得巴尔扎克那个中篇吗？）奥诺丽纳的不幸一大半是咎由自取，一小部分也因为丈夫教育她的态度伤了她的自尊心。凡是童年不快乐的人都特别脆弱（也有训练得格外坚强的，但只是少数），特别敏感，你回想一下自己，就会知道对付你的爱人要如何 delicate〔温柔〕，如何 discreet〔谨慎〕了。

我相信你对爱情问题看得比以前更郑重更严肃了；就在这考验时期，希望你更加用严肃的态度对待一切，尤其要对婚后的责任先培养一种忠诚、庄严、虔敬的心情！

一九六〇年八月二十九日

放松，慢慢来

傅聪：

亲爱的孩子，因为闹关节炎，本来这回不想写信，让妈妈单独执笔；但接到你去维也纳途中的信，有些艺术问题非由我亲自谈不可，只能撑起来再写。知道你平日细看批评，觉得总能得到一些好处，真是太高兴了。有自信同时又能保持自我批评精神，的确如你所说，是一切艺术家必须具备的重要条件。你对批评界的总的看法，我完全同意；而且是古往今来真正的艺术家一致的意见。所谓“文章千古事，得失寸心知！”往往自己认为的缺陷，批评家并不能指出，他们指出的倒是反映批评家本人的理解不够或者纯属个人的好恶，或者是时下的风气和流俗的趣味。从巴尔扎克到罗曼·罗兰，都一再说过这一类的话。因为批评家也受他气质与修养的限制（单从好的方面看），艺术家胸中的境界没有完美表现出来时，批评家可能完全捉摸不到，而只感到与习惯的世界抵触；便是艺术家的理想真正完美地表现出来了，批评家囿于成见，也未必马上能发生共鸣。例如雨果早期的戏剧，比才的《卡门》，德彪西的《贝莱阿斯与梅利桑特》。但即使批评家说的不完全对头，或竟完全不对头，也会有一言半语引起我们的反省，给我们一种 inspiration〔灵感〕，使我们发见真正的缺点，或者另外一个新的角落让我们去追求，再不然是使我们联想到一些小枝节可以补充、修正或改善。——这便是批评家之言不可尽信，亦不可忽视的辩证关系。

来信提到批评家音乐听得太多而麻痹，确实体会到他们的苦处。同时我也联想到演奏家大多沉浸在音乐中和过度的工作或许也有害处。追求完美的意识太强太清楚了，会造成紧张与疲劳，反而妨害原有的成绩。你灌唱片特别紧张，就因为求全之心太切。所以我常常劝你劳逸要有恰当的安排，最要紧维持心理的健康和精神的平衡。一切做到问心无愧，成败置之度外，才能临场指挥若定，操纵自如。也切勿刻意求工，以免画蛇添足，丧失了 spontaneity〔率性〕；理想的艺术总是如行云流水一般自然，即使是慷慨激昂也像夏日的疾风猛雨，好像是天地中必然有的也是势所必然的境界。一露出雕琢和斧凿的痕迹，就变为庸俗的工艺品而不是出于肺腑，发自内心的艺术了。我觉得你在放松精神一点上还大有可为。不妨减少一些工作，增加一些深思默想，看看效果如何。别老说时间不够；首先要从日常生活的琐碎事情上——特别是梳洗穿衣等等，那是我几年来常嘱咐你的——节约时间，挤出时间来！要不工作，就痛快休息，切勿拖拖拉拉在日常猥琐之事上浪费光阴。不妨多到郊外森林中去散步，或者上博物馆欣赏名画，从造型艺术中去求恬静闲适。你实在太劳累了！……你知道我说的休息绝不是懒散，而是调节你的身心，尤其是神经（我一向认为音乐家的神经比别的艺术家更需要保护：这也是有科学与历史根据的），目的仍在于促进你的艺术，不过用的方法比一味苦干更合理更科学而已！

你的中文并不见得如何退步，你不必有自卑感。自卑感反会阻止你表达的流畅。Do take it easy！〔放松，慢慢来！〕主要是你目前的环境多半要你用外文来思想，也因为很少机会用中文讨论文艺、思想等等问题。稍缓我当寄一些旧书给你，让你温习温习词汇和句法的变化。我译的旧作中，《嘉尔曼》[1] 和服尔德的文字比较最洗练简洁，可供学习。新译不知何时印，印了当然马上寄。但我们纸张不足，对十九世纪的西方作品又经过批判与重新估价，故译作究竟哪时会发排，完全无法预料。

其实多读外文书（写得好的），也一样能加强表达思想的能力。我始终觉得一个人有了充实丰富的思想，不怕表达不出。Arthur Hedley〔阿瑟·赫德利〕[2] 写的 *Chopin*〔《肖邦》〕（在 *master musician*〔《音乐大师》〕丛书内）内容甚好，文字也不太难。第十章提到 *Chopin*〔《肖邦》〕的演奏，有些字句和一般人对你的评论很相近。

一九六〇年十二月二日

1 《嘉尔曼》：法国作家梅里美的小说。
2 阿瑟·赫德利（1905—1969）：英国音乐作家。

似乎演奏与批评都无标准可言，但又并不如此

傅聪：

亲爱的孩子，上月二十四日宋家婆婆突然病故，卧床不过五日，初时只寻常小恙，到最后十二小时才急转直下。人生脆弱一至于此！我和你妈妈为之四五天不能入睡，伤感难言。古人云“秋冬之际，尤难为怀”；人过中年也是到了秋冬之交，加以体弱多病，益有草木零落、兔死狐悲之感。但西方人年近八旬尚在孜孜矻矻，穷究学术，不知老之“已”至：究竟是民族年轻，生命力特别旺盛，不若数千年一脉相承之中华民族容易衰老欤？抑是我个人未老先衰，生意索然欤？想到你们年富力强，蓓蕾初放，艺术天地正是柳暗花明，窥得无穷妙境之时，私心艳羡，岂笔墨所能尽宣！

因你屡屡提及艺术方面的希腊精神〔Hellenism〕，特意抄出丹纳《艺术哲学》中第四编“希腊雕塑”译稿六万余字，钉

成一本。原书虽有英译本，但其中神话、史迹、掌故太多，倘无详注，你读来不免一知半解；我译稿均另加笺注，对你方便不少。我每天抄录一段，前后将近一月方始抄完第四编。奈海关对寄外文稿检查甚严，送去十余日尚无音信，不知何时方能寄出，亦不知果能寄出否。思之怅怅。——此书原系五七年“人文”向我特约，还是王任叔来沪到我家当面说定，我在五八至五九年间译完，已搁置一年八个月。目前纸张奇紧，一时绝无付印之望。

在一切艺术中，音乐的流动性最为突出，一则是时间的艺术，二则是刺激感官与情绪最剧烈的艺术，故与个人的 mood〔情绪〕关系特别密切。对乐曲的了解与感受，演奏者不但因时因地因当时情绪而异，即一曲开始之后，情绪仍在不断波动，临时对细节、层次、强弱、快慢、抑扬顿挫，仍可有无穷变化。听众对某一作品平日皆有一根据素所习惯与听熟的印象构成的“成见”，而听众情绪之波动，亦复与演奏者无异：听音乐当天之心情固对其音乐感受大有影响，即乐曲开始之后，亦仍随最初乐句所引起之反应而连续发生种种情绪。此种变化与演奏者之心情变化皆非事先所能预料，亦非临时能由意识控制。可见演奏者每次表现之有所出入，听众之印象每次不同，皆系自然之理。演奏家所以需要高度的客观控制，以尽量减少一时情绪的影响；听众之需要高度的冷静的领会；对批评家之言之不可不信亦不能尽信，都是从上面几点分析中引申出来的结论。——音乐即是时间的艺术，一句弹完，印象即难以复按；事后批评，其正确性大有问题；又因为是时间的艺术，故批评家固有之（对某一作品）成见，其正确性又大有问题。况执着旧事物、旧观念、旧印象，排斥新事物、新观念、新印象，原系一般心理，故演奏家与批评家之距离特别大。不若造型艺术，如绘画、雕塑、建筑，形体完全固定，作者自己可在不同时间不同心情之下再三复按，观众与批评家亦可同样复按，重加审查，修正原有印象与过去见解。

按诸上述种种，似乎演奏与批评都无标准可言。但又并不如此。演奏家对某一作品演奏至数十百次以后，无形中形成一比较固定的轮廓，大大地减少了流动性。听众对某一作品听了数十遍以后，也有一个比较稳定的印象。——尤其以唱片论，听了数十百次必然会得出一个接近事实的结论。各种不同的心情经过数十次的中和、修正，各个极端相互抵消以后，对某一固定乐曲（既是唱片，则演奏是固定的了，不是每次不同的了，而且可以尽量复按复查）的感受与批评可以说有了平均的、比较客观的价值。个别的听众与批评家，当然仍有个别的心理上精神上气质上的因素，使其平均印象尚不能称为如何客观；但无数"个别的"听众与批评家的感受与印象，再经过相当时期的大交流（由于报章杂志的评论，平日交际场中的谈话，半学术性的讨论争辩而形成的大交流）之后，就可得出一个average〔平均〕的总和。这个总印象总意见，对某一演奏家的某一作品的成绩来说，大概是公平或近于公平的了。——这是我对群众与批评家的意见肯定其客观价值的看法，也是无意中与你妈妈谈话时谈出来的，不知你觉得怎样？——我经常与妈妈谈天说地，对人生、政治、艺术各种问题发表各种感想，往往使我不知不觉中把自己的思想整理出一个小小的头绪来。单就这一点来说，你妈妈对我确是大有帮助，虽然不是出于她主动。——可见终身伴侣的相互帮助有许多完全是不知不觉的。相信你与弥拉之间一定也常有此感。

一九六一年二月五日上午

远方游子永远和灌溉你的文化血肉相连

傅聪：

昨天敏自京回沪度寒假，马先生交其带来不少唱片借听。昨晚听了维伐第的两支协奏曲，显然是斯卡拉蒂一类的风格，敏说“非常接近大自然”，倒也说得中肯。情调的愉快、开朗、活泼、轻松，风格之典雅、妩媚，意境之纯净、健康，气息之乐观、天真，和声的柔和、堂皇，甜而不俗：处处显出南国风光与意大利民族的特性，令我回想到罗马的天色之蓝，空气之清冽，阳光的灿烂，更进一步追怀二千年前希腊的风土人情，美丽的地中海与柔媚的山脉，以及当时又文明又自然，又典雅又朴素的风流文采，正如丹纳书中所描写的那些境界。——听了这种音乐不禁联想到亨特尔，他倒是北欧人而追求文艺复兴的理想的人，也是北欧人而憧憬南国的快乐气氛的作曲家。你说他 humain〔有人情味〕是不错的，因为他更本色，更多保留人的原有的性格，所以更健康。他有的是异教气息，不像巴赫被基督教精神束缚，常常匍匐在神的脚下呼号、忏悔，诚惶诚恐地祈求。基督教本是历史上某一特殊时代，地理上某一特殊民族，经济政治某一特殊类型所综合产生的东西；时代变了，特殊的政治经济状况也早已变了，民族也大不相同了，不幸旧文化 — 旧宗教遗留下来，始终统治着二千年来几乎所有的西方民族，造成了西方人至今为止的那种矛盾、畸形，与十九二十世纪极不调和的精神状态，处处同文艺复兴以来的主要思潮抵触。在我们中国人眼中，基督教思想尤其显得病态。一方面，文艺复兴以后的人是站起来了，到处肯定自己的独立，发展到十八世纪的百科全书派，十九世纪的自然科学进步以及政治经济方面的革命，显然人类的前途、进步、能力，都是无限的；同时却仍然奉一个无所不能无所不在的神为主宰，好像人永远逃不出他的掌心，再加上原始罪恶与天堂地狱的恐怖与期望，使近代人的精神永远处于支离破碎、纠结复杂、矛盾百出的状态中，这个情形反映在文化的各个方面、学术的各个部门，使他们（西方人）格外心情复杂，难以理解。我总觉得从异教变到基督教，就是人从健康变到病态的主要表现与主要关键。——比起近代的西方人来，我们中华民族更接近古代的希腊人，因此更自然，更健康。我们的哲学、文学即使是悲观的部分也不是基督教式的一味投降，或者用现代语说，一味的“失败主义”；而是人类一般对生老病死、春花秋月的慨叹，如古乐府及我们全部诗词中提到人生如朝露一类的作品；

或者是愤激与反抗的表现，如老子的《道德经》。——就因为此，我们对西方艺术中最喜爱的还是希腊的雕塑，文艺复兴的绘画，十九世纪的风景画，——总而言之是非宗教性非说教类的作品。——猜想你近年来愈来愈喜欢莫扎特、斯卡拉蒂、亨特尔，大概也是由于中华民族的特殊气质。在精神发展的方向上，我认为你这条路线是正常的，健全的。——你的酷好舒伯特，恐怕也反映你爱好中国文艺中的某一类型。亲切，熨帖，温厚，惆怅，凄凉，而又对人生常带哲学意味极浓的深思默想；爱人生，恋念人生而又随时准备飘然远行，高蹈，洒脱，遗世独立，解脱一切等等的表现，岂不是我们汉晋六朝唐宋以来的文学中屡见不鲜的吗？而这些因素是不是在舒伯特的作品中也具备的呢？——关于上述各点，我很想听听你的意见。而你我之间思想交流、精神默契未尝有丝毫间隔，也就象征你这个远方游子永远和产生你的民族，抚养你的祖国，灌溉你的文化血肉相连，息息相通。

一九六一年二月六日上午

不让这苦闷与矛盾妨碍我们愉快的心情

傅聪：

从文艺复兴以来，各种古代文化，各种不同民族，各种不同的思想感情大接触之下，造成了近代人的极度复杂的头脑与心情；加上政治经济和社会的急剧变化（如法国大革命、十九世纪的工业革命、封建社会与资本主义社会的交替等等），人的精神状态愈加充满了矛盾。这个矛盾中最尖锐的部分仍然是基督教思想与个人主义的自由独立与自我扩张的对立。凡是非基督徒的矛盾，仅仅反映经济方面的苦闷，其程度绝没有那么强烈。——在艺术上表现这种矛盾特别显著的，恐怕要算贝多芬了。以贝多芬与歌德做比较研究，大概更可证实我的假定。贝多芬乐曲中两个主题的对立，绝不仅仅从技术要求出发，而主要是反映他内心的双重性。否则，一切 sonata form〔奏鸣曲式〕都以两个对立的 motifs〔主题〕为基础，为何独独在贝多芬的作品中，两个不同的主题会从头至尾斗争得那么厉害，那么凶猛呢？他的两个主题，一个往往代表意志，代表力，或者说代表一种自我扩张的个人主义（绝对不是自私自利的庸俗的个人主义或侵犯别人的自我扩张，想你不致误会）；另外一个往往代表犷野的暴力，或者说是命运，或者说是神，都无不可。虽则贝多芬本人绝不同意把命运与神混为一谈，但客观分析起来，两者实在是一个东西。斗争的结果总是意志得胜，人得胜。但胜利并不持久，所以每写一个曲子就得重新挣扎一次，斗争一次。到晚年的四重奏中，斗争仍然不断发生，可是结论不是谁胜谁败，而是个人的隐忍与舍弃；这个境界在作者说来，可以美其名曰皈依，曰觉悟，曰解脱，其实是放弃斗争，放弃挣扎，以换取精神上的和平宁静，即所谓幸福，所谓极乐。挣扎了一辈子以后再放弃挣扎，当然比一开场就奴颜婢膝地屈服高明得多，也就是说"自我"的确已经大大地扩张了；同时却又证明"自我"不能无限制地扩张下去，而且最后承认"自我"仍然是渺小的，斗争的结果还是一场空，真正得到的只是一个觉悟，觉悟斗争之无益，不如与命运、与神，言归于好，求妥协。当然我把贝多芬的斗争说得简单化了一些，但大致并不错。此处不能做专题研究，有的地方只能笼统说说。——你以前信中屡次说到贝多芬最后的解脱仍是不彻底的，是否就是我以上说的那个意思呢？——我相信，要不是基督教思想统治了一千三四百年（从高卢人信奉基督教算起）的西方民族，现代欧洲人的精神状态绝不会复杂到这步田地，即使复杂，也将是另外一种性质。比如我们中华民族，尽管近半世纪以来也因为与西方文化接触之后而心情变得一天天复杂，尽管对人生的无常从古至今感慨伤叹，但我们的内心矛盾，绝不能与宗教信仰与现代精神（自我扩张）的矛盾相比。我们心目中的生死感慨，从无仰慕天堂的极其烦躁的期待与追求，也从无对永堕地狱的恐怖忧虑；所以我们的哀伤只是出于生物的本能，而不是由发热的头脑造出许多极乐与极可怖的幻象来一方面诱惑自己一方面威吓自己。同一苦闷，程度强弱之大有差别，健康与病态的分别，大概就取决于这个因素。

中华民族从古以来不追求自我扩张，从来不把人看作高于一切，在哲学文艺方面的表现都反映出人在自然界中与万物占着一个比例较为恰当的地位，而非绝对统治万物、奴役万物的主宰。因此我们的苦闷，基本上比西方人为少为小；因为苦闷的强弱原是随欲望与野心的大小而转移的。农业社会的人比工业社会的人享受差得多，因此欲望也小得多。况中国古代素来以不滞于物、不为物役为最主要的人生哲学。并非我们没有守财奴，但比起莫里哀与巴尔扎克笔下的守财奴与野心家来，就小巫见大巫了。中国民族多数是性情中正和平，淡泊，朴实，比西方人容易满足。——另一方面，佛教影响虽然很大，但天堂地狱之说只是佛教中的小乘（净土宗）的说法，专为知识较低的大众而设的。真正的佛教教理并不相信真有天堂地狱；而是从理智上求觉悟，求超度；觉悟是悟人世的虚幻，超度是超脱痛苦与烦恼。尽管是出世思想，却不予人以热烈追求幸福的鼓动，或急于逃避地狱的恐怖；主要是劝导人求智慧。佛教的智慧正好与基督教的信仰成为鲜明的对比。智慧使人自然而然地醒悟，信仰反易使人入于偏执与热狂之途。——我们的民族本来提倡智慧。（中国人的理想是追求智慧而不是追求信仰。我们只看见古人提到彻悟，从未以信仰坚定为人生乐事〔这恰恰是西方人心目中的幸福〕。你认为亨特尔比巴赫为高，你说前者是智慧的结晶，后者是信仰的结晶：这个思想根源也反映出我们的民族性。）故知识分子受到佛教影响并无恶果。即使南北朝时代佛教在中国极盛，愚夫愚妇的迷信亦未尝在吾国文化史上遗留什么毒素，知识分子亦从未陷于虚无主义。（即使有过一个短时期，但在历史上并无大害。）——相反，在两汉以儒家为唯一正统，罢斥百家，思想入于停滞状态之后，佛教思想的输入倒是给我们精神上的一种刺激，令人从麻痹中觉醒过来，从狭隘的一家一派的束缚中解放出来。在纪元二三世纪的思想情况之下这是一个可喜的现象。——对中国知识分子拘束最大的倒是僵死的礼教，从南宋的理学（程子朱子）起一直到清朝末年，养成了规行矩步，整天反省，唯恐背礼越矩的迂腐头脑，也养成了口是心非的假道学、伪君子。其次是明清两代的科举制度，不仅束缚性灵，也使一部分有心胸有能力的人徘徊于功名利禄与真正修心养性、致知格物的矛盾中（反映于《儒林外史》中）。——然而这一类的矛盾也绝不像近代西方人的矛盾那么有害身心。我们的社会进步迟缓，资本主义制度发展若断若续，封建时代的经济基础始终存在，封建时代的道德观、人生观、宇宙观以及一切上层建筑，到近百年中还有很大势力，使我们的精神状态、思想情形不致如资本主义高度发展的国家的人那样混乱、复杂、病态；我们比起欧美人来一方面是落后，一方面也单纯，就是说更健全一些。——从民族特性，传统思想，以及经济制度等等各个方面看，我们和西方人比较之下都有这个双重性。——五四以来，情形急转直下，西方文化的输入使我们的头脑受到极大的骚动，正如“帝国主义的资本主义”的侵入促成我们半封建半资本主义社会的崩溃一样，我们开始感染到近代西方人的烦恼，幸而时期不久，并且宗教影响在我们思想上并无重大作用（西方宗教只影响到买办阶级以及一部分比较落后地区的农民，而且也并不深刻），故虽有现代式的苦闷，并不太尖锐。我们还是有我们老一套的东方思想与东方哲学，作为批判西方文化的尺度。当然以上所说特别是限于解放以前为止的时期。解放以后情形大不相同，暇时再谈。但即是解放以前我们一代人的思想情况，你也承受下来了，感染得相当深了。我想你对西方艺术、西方思想、西方社会的反应和批评，骨子里都有我们一代（比你早一代）的思想根源，再加上解放以后新社会给你的理想，使你对西欧的旧社会更有另外一种看法，另外一种感觉。——倘能从我这一大段历史分析（不管如何片面如何不正确）来分析你目前的思想感情，也许能大大减少你内心苦闷的尖锐程度，使你的矛盾不致影响你身心的健康与平衡，你说是不是？

人没有苦闷，没有矛盾，就不会进步。有矛盾才会逼你解决矛盾，解决一次矛盾即往前迈进一步。到晚年矛盾减少，即是生命将要告终的表现。没有矛盾的一片恬静只是一个崇高的理想，真正实现的话并不是一个好现象。——凭了修养的功夫所能达到的和平恬静只是极短暂的，比如浪潮的尖峰，一刹那就要过去的。或者理想的平和恬静乃是微波荡漾，有矛盾而不太尖锐，而且随时能解决的那种精神修养，可绝非一泓死水：一泓死水有什么可羡呢？我觉得倘若苦闷而不致陷入悲观厌世，有矛盾而能解决（至少在理论上认识上得到一个总结），那么苦闷与矛盾并不可怕。所要避免的乃是因苦闷而导致身心失常，或者玩世不恭，变作游戏人生的态度。从另一角度看，最伤人的（对己对人，对小我与集体都有害的）乃是由 passion〔激情〕出发的苦闷与矛盾，例如热衷名利而得不到名利的人，怀着野心而明明不能实现的人，经常嫉妒别人、仇恨别人的人，那一类苦闷便是于己于人都有大害的。凡是从自卑感自溺狂等等来的苦闷对社会都是不利的，对自己也是致命伤。反之，倘是忧时忧国，不是为小我打算而是为了社会福利、人类前途而感到的苦闷，因为出发点是正义，是理想，是热爱，所以即有矛盾，对己对人都无害处，倒反能逼自己做出一些小小的贡献来。但此种苦闷也须用智慧来解决，至少在苦闷的时间不能忘了明哲的教训，才不至于转到悲观绝望，用灰色眼镜看事物，才能保持健康的心情继续在人生中奋斗，——而唯有如此，自己的小我苦闷才能转化为一种活泼泼的力量而不仅仅成为愤世嫉俗的消极因素；因为愤世嫉俗并不能解决矛盾，也就不能使自己往前迈进一步。由此得出一个结论，我们不怕经常苦闷，经常矛盾，但必须不让这苦闷与矛盾妨碍我们愉快的心情。

一九六一年二月七日

一切不能急，越是事关重要，越要心平气和

傅敏：

……对恋爱的经验和文学艺术的研究，朋友中数十年悲欢离合的事迹和平时的观察思考，使我们在儿女的终身大事上能比别的父母更有参加意见的条件。……

首先态度和心情都要尽可能地冷静。否则观察不会准确。初期交往容易感情冲动，单凭印象，只看见对方的优点，看不出缺点，甚至夸大优点，美化缺点。便是与同性朋友相交也不免如此，对异性更是常有的事。许多青年男女婚前极好，而婚后逐渐相左，甚至反目，往往是这个原因。感情激动时期不仅会耳不聪，目不明，看不清对方；自己也会无意识地只表现好的方面，把缺点隐藏起来。保持冷静还有一个好处，就是不至于为了谈恋爱而荒废正业，或是影响功课或是浪费时间或是损害健康，或是遇到或大或小的波折时扰乱心情。

所谓冷静，不但是表面的行动，尤其内心和思想都要做到。当然这一点是很难。人总是人，感情上来，不容易控制，年轻人没有恋爱经验更难维持身心的平衡，同时与各人的气质有关。我生平总不能临事沉着，极容易激动，这是我的大缺点。幸而事后还能客观分析，周密思考，才不至于使当场的意气继续发展，闹得不可收拾。我告诉你这一点，让你知道如临时不能克制，过后必须由理智来控制大局：该纠正的就纠正，该向人道歉的就道歉，该收篷时就收篷，总而言之，以上二点归纳起来只是：感情必须由理智控制。要做到，必须下一番苦功在实际生活中长期锻炼。

我一生从来不曾有过“恋爱至上”的看法。“真理至上”“道德至上”“正义至上”，这种种都应当作为立身的原则。恋爱不论在如何狂热的高潮阶段也不能侵犯这些原则。朋友也好，妻子也好，爱人也好，一遇到重大关头，与真理、道德、正义等等有关的问题，绝不让步。

其次，人是最复杂的动物，观察绝不可简单化，而要耐心、细致、深入，经过相当的时间，各种不同的事故和场合，处处要把科学的客观精神和大慈大悲的同情心结合起来。对方的优点，要认清是不是真实可靠的，是不是你自己想象出来的，或者是夸大的。对方的缺点，要分出是否与本质有关。与本质有关的缺点，不能因为其他次要的优点而加以忽视。次要的缺点也得辨别是否能改，是否发展下去会影响品性或日常生活。人人都有缺点，谈恋爱的男女双方都是如此。问题不在于找一个全无缺点的对象，而是要找一个双方缺点都能各自认识，各自承认，愿意逐渐改，同时能彼此容忍的伴侣。（此点很重要。有些缺点双方都能容忍；有些则不能容忍，日子一久即造成裂痕。）最好双方尽量自然，不要做作，各人都拿出真面目来，优缺点一齐让对方看到。必须彼此看到了优点，也看到了缺点，觉得都可以相忍相让，不会影响大局的时候，才谈得上进一步的了解；否则只能做一个普通的朋友。可是要完全看出彼此的优缺点，需要相当时间，也需要各种大大小小的事故来考验，绝对急不来！更不能轻易下结论（不论是好的结论或坏的结论）！唯有极坦白，才能暴露自己；而暴露自己的缺点总是越早越好，越晚越糟！为了求恋爱成功而尽量隐藏自己的缺点的人其实是愚蠢的。当然，在恋爱中不知不觉表现出自己的光明面，不知不觉隐藏自己的缺点，不在此例。因为这是人的本能，而且也证明爱情能促使我们进步，往善与美的方向发展，正是爱情的伟大之处，也是古往今来的诗人歌颂爱情的主要原因。小说家常常提到，我们在生活中也一再经历：恋爱中的男女往往比平时聪明；读起书来也理解得快；心地也往往格外善良，为了自己幸福而也想使别人幸福，或者减少别人的苦难；同情心扩大就是爱情可贵的具体表现。

…………

事情主观上固盼望必成，客观方面仍须有万一不成的思想准备。为了避免失恋等等的痛苦，这一点“明智”我觉得一开头就应当充分掌握。最好勿把对方做过于肯定的想法，一切听凭自然演变。

…………

总之，一切不能急，越是事关重要，越要心平气和，态度安详，从长考虑，细细观察，力求客观！感情冲上高峰很容易，无奈任何事物的高峰（或高潮）都只能维持一个短时间，要久而弥笃的维持长久的友谊可很难了。……

除了优缺点，俩人性格脾气是否相投也是重要因素。刚柔、软硬、缓急的差别要能相互适应调剂。还有许多表现在举动、态度、言笑、声音……之间说不出也数不清的小习惯，在男女之间也有很大作用，要弄清这些就得冷眼旁观慢慢咂摸。所谓经得起考验乃是指有形无形的许许多多批评与自我批评（对人家一举一动所引起的反应即是无形的批评）。诗人常说爱情是盲目的，但不盲目的爱毕竟更健全更可靠。

人生观、世界观问题你都知道，不用我谈了。人的雅俗和胸襟气量倒是要非常注意的。据我的经验：雅俗与胸襟往往带先天性的，后天改造很少能把低的往高的水平上提；故交往期间应该注意对方是否有胜于自己的地方，将来可帮助我进步，而不至于反过来使我往后退。你自幼看惯家里的作风，想必不会忍受量窄心浅的性格。

以上谈的全是笼笼统统的原则问题。……

长相身材虽不是主要考虑点，但在一个爱美的人也不能过于忽视。

交友期间，尽量少送礼物，少花钱：一方面表明你的恋爱观念与物质关系极少牵连，另一方面也是考验对方。

一九六二年三月八日

愿我们大家都来不断提高自己，尤其是修养和品德

傅敏：

敏，亲爱的孩子……有理想有热情而又理智很强的人往往令人望而生畏，大概你不多几年以前对我还有这种感觉。去年你哥哥信中说：“爸爸文章的每一字每一句都充满了热情，很执着，almost fanatic〔近于狂热〕。”最后一句尤其说得中肯。这是我的长处，也是我的短处。因为理想高，热情强，故处处流露出好为人师与拼命要说服人的意味。可是孩子，别害怕，我年过半百，世情已淡，而且天性中也有极洒脱的一面，就是中国民族性中的“老庄”精神：换句话说，我执着的时候非常执着，摆脱的时候生死皆置之度外。对儿女们也抱着说不说由我，听不听由你的态度。只是责任感强，是非心强，见到的总不能不说而已。你哥哥在另一信中还提道：“在这个 decadent〔颓废的〕世界，在国外这些年来，我遇见了不少人物 Whom

I admire and love, from whom I learn〔一些令我欣赏、喜爱，值得学习的人物〕，可是从来没有遇到任何人能带我到那个at the same time passionate and serene, profound and simple, affectionate and proud,subtle and straightforward〔（同时）又热烈又恬静，又深刻又朴素，又温柔又高傲，又微妙又率直〕的世界。”可见他的确了解我的“两面性”，也了解到中国旧文化的两面性。又热烈又恬静，又深刻又朴素，又温柔又高傲，又微妙又率直：这是我们固有文化中的精华，值得我们自豪的！

当然上述的特点我并没有完全具备，更没有具备到恰如其分的程度，仅仅是那种特点的倾向很强，而且是我一生向往的境界罢了。比如说，我对人类抱有崇高的理想与希望，同时也用天文学地质学的观点看人类的演变，多少年前就惯于用“星际”思想看待一些大事情，并不把人类看作万物之灵，觉得人在世界上对一切生物表示“唯我独尊”是狂妄可笑的。对某个大原则可能完全赞同，抱有信心，我可照样对具体事例与执行情况有许多不同意见。对善恶美丑的爱憎心极强，为了一部坏作品，为了社会上某个不合理现象，会愤怒得大生其气，过后我却也会心平气和地分析，解释，从而对个别事例加以宽恕。我执着真理，却又时时抱怀疑态度，觉得死抱一些眼前的真理反而使我们停滞，得不到更高级更进步的真理。以上也是随便闲扯，让你多体会到你爸爸的复杂心理，从而知道一个人愈有知识愈不简单，愈不能单从一二点三四点上去判断。

很高兴你和她都同意我前信说的一些原则，但愿切实做去，为着共同的理想（包括个人的幸福和为集体贡献自己的力量两项）一步步一步步相勉相策。许多问题只有在实践中才能真正认识，光是理性上的认识是浮表的，靠不住的，经不住风狂雨骤的考验的。……从小到大由父母严格管教的青年也有另外一些长处，就是独立自主的能力较强，像你所谓能自己管自己。可是有一部分也是先天比后天更强：你该记得，我们对你数十年的教育即使缺点很多，但在劳动家务、守纪律、有秩序等等方面从未对你放松过，而我和你妈妈给你的榜样总还是勤劳认真的，……我们过了半世，仍旧做人不够全面，缺点累累，如何能责人太苛呢？可是古人常说：取法乎上，得乎其中；取法乎中，得乎其下。而我对青年人、对我自己的要求，除了吃苦（肉体上、物质上的吃苦）以外，从不比党对党团员的要求低，这是你知道的。但愿我们大家都来不断提高自己，不仅是学识，而尤其是修养和品德！

一九六二年三月十四日

物质的苦究竟不比精神的苦那样刻骨铭心

傅敏：

……宿舍的情形令我想起一九三六年冬天在洛阳住的房子，虽是正式瓦房，厕所也是露天的，严寒之夜，大小便确是冷得可以。洛阳的风刮在脸上像刀割。去龙门调查石刻，睡的是土墙砌的小屋，窗子只有几条木栅，糊一些七穿八洞的纸，房门也没有，临时借了一扇竹篱门靠上，人在床上可以望见天上的星，原来屋瓦也没盖严。白天三顿吃的面条像柴草，实在不容易咽下去。那样的日子也过了好几天，而每十天就得去一次龙门尝尝这种生活。我国社会南北发展太不平衡，一般都是过的苦日子，不是短时期所能扭转。你从小家庭生活过得比较好，害你今天不习惯清苦的环境。若是棚户出身或是五六个人挤在一间阁楼上长大的，就不会对你眼前的情形叫苦了。我们绝非埋怨你，你也是被过去的环境、教育、生活习惯养娇了的。

可是你该知道现代的青年吃不了苦是最大的缺点（除了思想不正确之外），同学，同事，各级领导首先要注意到这一点。这是一个大关，每个年轻人都要过。闯得过的比闯不过的人多了几分力量，多了一重武装。以我来说，也是犯了太娇的毛病，朋友中如裘伯伯（复生）、仑布伯伯都比我能吃苦，在这方面不知比我强多少。如今到了中年以上，身体又不好，谈不到吃苦的锻炼，但若这几年得不到上级照顾，拿不到稿费，没有你哥哥的接济，过去存的稿费用完了，不是也得生活逐渐下降，说不定有朝一日也得住阁楼或亭子间吗？那个时候我难道就不活了吗？我告诉你这些，只是提醒你万一家庭经济有了问题，连我也得过从来未有的艰苦生活，更说不上照顾儿女了。物质的苦，在知识分子眼中，究竟不比精神的苦那样刻骨铭心。我对此深有体会，不过一向不和你提罢了。总而言之，新中国的青年绝不会被物质的困难压倒，绝不会因此而丧气。你几年来受的思想教育不谓不深，此刻正应该应用到实际生活中去。你也看过不少共产党员艰苦斗争和壮烈牺牲的故事，也可以拿来鼓励自己。要是能熬上两三年，你一定会坚强得多。而我相信你是的确有此勇气的。千万不能认为目前的艰苦是永久的，那不是对前途，对国家，对党失去了信心吗？这便是严重的思想错误，不能不深自警惕！解决思想固是根本，但也得用实际生活来配合，才能巩固你的思想觉悟，增加你的勇气和信心。目前你首先要做好教学工作，勤勤谨谨，老老实实。其次是尽量充实学识，有计划有步骤地提高业务，养成一种工作纪律。假如宿舍四周不安静，是否有图书阅览室可利用？……还有北京图书馆也离校不远，是否其中的阅览室可以利用？不妨去摸摸情况。总而言之，要千方百计克服自修的困难。等你安排妥当，再和我谈谈你进修的计划，最好先结合你担任的科目，作为第一步。

身体也得注意，关节炎有否复发？肠胃如何？睡眠如何？健康情况不好是事实，无须瞒人，必要时领导上自会照顾。夜晚上厕所，衣服宜多穿，防受凉！切切切切。

…………

千句并一句：无论如何要咬紧牙关挺下去，堂堂好男儿岂可为了这些生活上的不方便而消沉、泄气！抗战期间黄宾虹老先生在北京住的房子也是破烂不堪，仅仅比较清静而已。你想这样一代艺人也不过居于陋巷，墙壁还不是乌黑一片，桌椅还不是东倒西歪，这都是我和你妈妈目睹的。

为她着想，你也得自己振作，做一个榜样。否则她更要多一重思想和感情的负担。一朝开始上课，自修课排定，慢慢习惯以后，相信你会平定下来的。最要紧的是提高业务，一切烦恼都该为了这一点而尽量驱除。

……你该想象得到父母对儿女的牵挂，可是时代不同，环境不同，父母也有父母的苦衷，并非不想帮你改善生活。可是大家都在吃苦，国家还有困难，一切不能操之过急。年轻时受过的锻炼，一辈子受用不尽。将来你应付物质生活的伸缩性一定比我强得多，这就是你占便宜的地方。一切多往远处想，大处想，多想大众，少顾到自己，自然容易满足。一个人不一定付了代价有报酬，可是不付代价的报酬是永远不会有的。即使有，也是不可靠的。

望多想多考虑，多拿比你更苦的人做比较，不久就会想通，心情开朗愉快，做起工作来成绩也更好。千万保重！保重！

…………

只要思想不犯错误，没有精神负担，光是日常生活不方便些，算得什么呢？有困难，想法逐步解决（如自修问题），要冷静，客观，用脑子！找窍门，可不能烦恼，影响身心健康！烦恼解决不了问题。

一九六二年十二月五日

辑三

梁启超家书

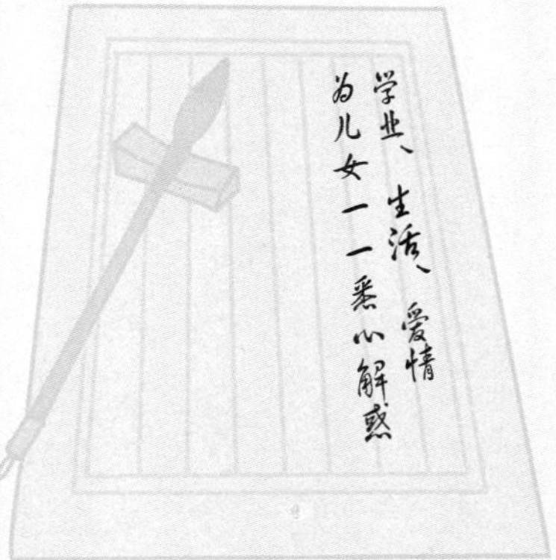

梁启超的儿女们

梁启超

1873年2月23日—1929年1月19日

字卓如，一字任甫，号任公，又号饮冰室主人、饮冰子、哀时客、中国之新民、自由斋主人。清朝光绪年间举人，近代思想家、政治家、教育家、史学家、文学家。戊戌变法（百日维新）领袖之一、中国近代维新派、新法家代表人物。他的一生，是传奇的一生。尤其在对于儿女的教育上，“一门三院士，九子皆才俊”就是他教育成果的最好写照。他从自己的社会际遇和阅历出发，以独特的教育方法将自己的学识和感悟润泽在儿女身上，使九个子女各有成就，堪称中国家庭教育的楷模。他们分别是：诗词研究专家梁思顺（令娴），建筑学家梁思成，考古学家梁思永，西点军校毕业的爱国英才梁思忠，图书馆学家梁思庄，经济学家梁思达，社会活动家梁思懿，早年就读南开大学后参加革命的梁思宁，火箭控制系统专家梁思礼（1993年当选为中国科学院院士）。历史学家傅斯年有言：“梁任公之后嗣，人品学问，皆中国之第一流人物，国际知名。”

今日之责任，不在他人，而全在我少年。
少年智则国智，少年富则国富；
少年强则国强，少年独立则国独立；
少年自由则国自由，少年进步则国进步；
少年胜于欧洲则国胜于欧洲，
少年雄于地球则国雄于地球。

归国后为汝诸弟妹求学真一大问题也

思顺：

十九号禀收。重堂既归，汝辈当勤寄安禀，以慰慈怀。吾所寄书亦当随时转去，因吾作禀不能甚多也。简甫先生处可以吾意挽留，并言明年月馈脩金五十，将来移眷来尚可稍兼他事，更当别报也。

顷查青岛专为我国人所立之校，学风极坏，其德童[1]专用校，入之不易。思成明年能往与否，尚未决耳。归国后为汝诸弟妹求学真一大问题也。

此间连日大雪，十年来未睹此瑰观矣。

示娴儿。

饮冰 一九一二年廿七夕

1 德童：德国儿童，指青岛德租界德国人的儿童。

人生惟常常受苦乃不觉苦

思顺：

吾居此山陬[1]四日矣。今夕乃忽烦闷不自聊（主人殷勤乃愈增吾闷），盖桂使尚须八九日乃至也。最苦者烟亦吸尽（无可买，夜间无茶饮，饭亦几不能入口，饥极，则时亦觉甘），书亦读尽，一灯如豆，虽有书亦不能读也。前此三日中作文数篇（有日记寄去，已收否？不见日记则不知吾此书作何语也）。文兴发则忘诸苦，今文既成，而心乃无所寄，依依不复能为怀。此间距云南仅三日程，吾悔不于初到时即一往彼（吾深负云南人，彼中定怨我矣），稍淹信宿，更折而回，犹未晚也。

呜呼！吾此时深念吾爱女，安得汝飞侍我旁耶？吾欲更作文或著书以振我精神，今晚已瞢瞢不能属思，明日誓当抖擞一番也。吾欲写字，则又无纸，箧中有笺数十幅，珍如拱璧，不

1 山陬：山脚。陬音 zōu。

敢浪费也。

离沪迄今虽仅半月，而所历乃至诡异，亦不能名其苦乐，但吾抱责任心以赴之，究竟乐胜于苦也。约廿七八乃能行，行半月乃能至梧州，此后所历更不知若何诡异，今亦不复预计。极闷中写此告家人。

二十日 由帽溪山庄

孟曦昨日至海防，即夕入云南，觉顿早安抵梧州。

嗟夫！思顺，汝知我今夕之苦闷耶？吾作前纸书时九点耳，今则四点犹不能成寐。吾被褥既委不带，今所御者，此间佣保之物也，秽乃不可向迩。地卑湿，蚤缘延榻间以百计，嘬吾至无完肤。又一日不御烟卷矣（能乘此戒却，亦大妙）。今方渴极，乃不得涓滴水，一灯如豆，油且尽矣。主人非不殷勤，然彼伧也，安能使吾适者。汝亦记台湾之游矣，今之不适且十倍彼时耳。因念频年佚乐太过，致此形骸习于便安，不堪外境之剧变，此吾学养不足之明证也。人生惟常常受苦乃不觉苦，不致为苦所窘耳。更念吾友受吾指挥效命于疆场者，其苦不知加我几十倍，我在此已太安适耳。吾今当力求睡得，睡后吾明日必以力自振，誓利用此数日间著一书矣。

二十夜向晨

此间寄书殊不易，吾且作此留之，明日或更有所作，积数纸乃寄也。吾今日已甚好，已着手著书，可勿念。

一九一六年三月廿一日

学问是生活，生活是学问

思顺：

我间数日辄得汝一书，欢慰无量。昨晚正得汝书，言大学校长边君当来。今晨方起，未食点心，此老已来了。弄得我狼狈万状，把我那“天吴紫凤”[1]的英话都迫出来，对付了十多分钟，后来才偕往参观南开，请张伯苓当了一次翻译。彼今日下午即入京，我明晨仍入京，拟由讲学社请彼一次，但现在京中学潮未息，恐不能热闹耳。

某党捣乱，此意中事，希哲当不以介意。凡为社会任事之人，必受风波。吾数十年，日在风波中生活，此汝所见惯者，俗语所谓“见怪不怪，其怪自败”，吾行吾素可耳。廷伟[2]为补一主事，甚好。尝告彼“学问是生活，生活是学问”，彼宜

1 天吴紫凤：天吴是古代传说中的水神，紫凤是古代传说中的神鸟。此处比喻应急而用的古旧事物。

2 廷伟：梁启超侄子。

从实际上日用饮食求学问，非专恃书本也。

汝三姑嘉礼日内便举行，吾著书已极忙，人事纷扰，颇以为苦，但家有喜事，总高兴耳。

王姨有病入京就医，闻已大痊矣。

父示娴儿。

一九二一年五月三十

小挫折正是磨练德性之好机会

思成：

汝母归后说情形，吾意以迟一年出洋为要，志摩[1]亦如此说，昨得君劢[2]书，亦力以为言。盖身体未完全复元，旅行恐出毛病，为一时欲速之念所中，而贻终身之戚，甚不可也。人生之旅历途甚长，所争决不在一年半月，万不可因此着急失望，招精神上之萎葨。汝生平处境太顺，小挫折正磨练德性之好机会，况在国内多预备一年，即以学业论，亦本未尝有损失耶。吾星期日或当入京一行，届时来视汝。

爹爹　一九二三年七月廿六日

1　志摩：即徐志摩（1897—1931），浙江海宁人，现代诗人，梁启超入室弟子。
2　君劢：即张君劢（1887—1969），现代政治家、哲学家，江苏宝山人，梁启超的朋友。

我对于你们的婚姻，得意得了不得

宝贝思顺：

昨日松坡图书馆成立（馆在北海快雪堂，地方好极了，你还不知道呢，我每来复四日住清华，三日住城里，入城即住馆中），热闹了一天。今天我一个人独住在馆里，天阴雨，我读了一天的书，晚间独酌醉了（好孩子别要着急，我并有恁么[1]醉，酒亦不是常常多吃的），书也不读了，找我最爱的孩子谈谈罢。谈什么呢？想不起来了。

哦，想起来了。

你报告希哲在那边商民爱戴的情形，令我喜欢得了不得。我常想，一个人要用其所长（人才经济主义）。希哲若在国内混沌社会里头混，便一点看不出本领，当领事真是模范领事了。我常说天下事业无所谓大小（士大夫救济天下和农夫善治

1 有恁么：应是“没有恁么”，即没那么。

其十亩之田，所成就一样），只要在自己责任内，尽自己力量做去，便是第一等人物。希哲这样勤勤恳恳做他本分的事，便是天地间堂堂地一个人，我实在喜欢他。

好孩子，你气不分[1]弟弟妹妹们，希哲又气不分你，有趣得狠（你请你妈妈和我打弟弟们替你出气，你妈妈给思成们的信帮他们，他们都拍手欢呼胜利，我说我帮我的思顺，他们淘气实在该打）。平心而论，爱女儿那里会不爱女婿呢，但总是间接的爱，是不能为讳的。徽音我也狠爱她，我常和你妈妈说，又得一个可爱的女儿。但要我爱她和爱你一样，终久是不可能的。

我对于你们的婚姻，得意得了不得，我觉得我的方法好极了，由我留心观察看定一个人，给你们介绍，最后的决定在你们自己，我想这真是理想的婚姻制度。好孩子，你想希哲如何，老夫眼力不错罢。徽音又是我第二回的成功。我希望往后你弟弟妹妹们个个都如此（这是父母对于儿女最后的责任）。我希望普天下的婚姻都像我们家孩子一样，唉，但也太费心力了。像你这样有恁么多弟弟妹妹，老年心血都会被你们绞尽了，你们两个大的我所尽力总算成功，但也是各人缘法侥幸碰着，如何能确有把握呢？好孩子，你说我往后还是少管你们闲事好呀，还是多操心呢？

你妈妈在家寂寞得狠，常和我说放暑假时候狠高兴，孩子们都上学便闷得慌，这也是没有法的事。像我这样一个人独处

1　气不分：气不过。

一年，我也不问，因为我做我的学问便已忙不过来，但天下人能有几个像我这种脾气呢？

王姑娘近来体气大坏（因为你那两个殇弟产后缺保养），我狠担心，他也是我们家庭极重要的人物。他狠能伺候我，分你们许多责任，你不妨常常写些信给他，令他欢喜。

我本来答应过庄庄，明年暑假绝对不讲演，带着你们顽一个夏天。但前几天我已经答应中国公学暑期学校讲一月了（他们苦苦要我，我耳朵软，答应了）。

我明春要到陕西讲演一个月，你回来的时候还不知我在家不呢。酒醒了，不谈了。

耶告 一九二三年十一月五日

这两个字是王右军给他儿女信札的署名法。

求学问不是求文凭

孩子们：

我像许久没有写信给你们了。但是前几天寄去的相片，每张上都有一首词，也抵得过信了。

今天接着大宝贝五月九日、小宝贝五月三日来信，狠高兴。那两位“不甚宝贝”[1]的信，也许明后天就到罢？

我本来前十天就去北戴河，因天气狠凉，索性等达达放假才去。他明天放假了，却是还在狠凉。一面张、冯[2]开战消息甚紧，你们二叔和好些朋友都劝勿去，现在去不去还未定呢。

我还是照样的忙。近来和阿时、忠忠三个人合作做点小顽意，把他们做得兴高采烈。我们的工作多则一个月，少则三个礼拜，便做完。做完了，你们也可以享受快乐。你们猜猜干些什么（把这行小字涂了罢，免得你们易猜）？

1 不甚宝贝：不是很宝贝，戏指思成、思永。

2 张、冯：指张作霖、冯玉祥。

庄庄，你的信写许多有趣话告诉我，我喜欢极了。你往后只要每水船都有信，零零碎碎把你的日常生活和感想报告我，我总是喜欢的。我说你“别要孩子气”，这是叫你对于正事——如做功课，与及料理自己本身各事等——自己要拿主意，不要依赖人。至于做人带几分孩子气，原是好的。你看爹爹有时还“有童心”呢！

你入学校还是在加拿大好。你三个哥哥都受美国教育，我们家庭要变“美国化”了！我狠想你将来不经过美国这一级（也并非一定如此，还要看环境的利便），便到欧洲去，所以在加拿大预备像更好。稍旧一点的严正教育，受了狠有益，你还是安心入加校罢。至于未能立进大学，这有什么要紧，“求学问不是求文凭”，总要把墙基越筑得厚越好。你若看见别的同学都入大学，便自己着急，那便是“孩子气”了。

思顺对于徽音感情完全恢复，我听见真高兴极了。这是思成一生幸福关键所在，我几个月前，狠怕思成因此生出精神异动，毁掉了这孩子，现在我完全放心了。思成前次给思顺的信说：“感觉着做错多少事，便受多少惩罚，非受完了不会转过来。”这是宇宙间惟一真理，佛教说的“业”和“报”，就是这个真理（我笃信佛教就在此点，七千卷《大藏经》也只说明这点道理）。凡自己造过的“业”，无论为善为恶，自己总要受“报”，一斤报一斤，一两报一两，丝毫不能躲闪，而且善和恶是不准抵消的。佛对一般人说轮回，说他（佛）自己也曾犯过什么罪，因此曾入过某层地狱，做过某种畜生；他自己又也曾做过许多好事，所以亦也曾享过什么福。……如此，恶业受完了报，才算善业的账。若使正在享善业的报的时候，又做些恶业，善报受完了，又算恶业的账。并非有个什么上帝做主宰，全是“自业自得”。又并不是像耶教说的“到世界末日算总账”，全是“随作随受”。又不是像耶教说的“多大罪恶一忏悔便完事”，忏悔后固然得好处，但曾经造过的恶业，并不因忏悔而灭，是要等“报”受完了才灭。佛教所说的精理，大略如此。他说的六道轮回等等，不过为一般浅人说法，说些有形的天堂地狱。其实我们刻刻在轮回中，一生不知经过多少天堂地狱。即如思成和徽音，去年便有几个月在刀山剑树上过活！这种地狱，比城隍庙十王殿里画出来还可怕！因为一时造错了一点业，便受如此惨报，非受完了不会转头。倘若这业是故意造的，而且不知忏悔，则受报连绵下去，无有尽时。因为不是故意的，而且忏悔后又造善业，所以地狱的报受够之后，天堂又到了。若能绝对不造恶业（而且常造善业——最大善业是“利他”），则常住天堂（这是借用俗教名词），佛说是“涅槃”（涅槃的本意是“清凉世界”）。我虽不敢说常住涅槃，但我总算心地清凉的时候多，换句话说，我住天堂时候比住地狱的时候多，也是因为我比较的少造恶业的缘故。我的宗教观、人生观的根本在此，这些话都是我切实受用的所在。因思成那封信像是看见一点这种真理，所以顺便给你们谈谈。

思成看着许多本国古代美术，真是眼福，令我羡慕不已。

甲胄的扣带，我看来总算你新发明[1]（可得奖赏）。或者书中有讲及，但久已没有实物来证明。

昭陵石马怎么会已经流到美国去，真令我大惊！那几只马是有名的美术品，唐诗里“可要昭陵石马来”，“昭陵风雨埋冠剑，石马无声蔓草寒”，向来诗人讴歌不知多少。那些马都有名字——是唐太宗赐的名，画家、雕刻家都有名字可考据的。我所知道的，现在还存四只（我们家里藏有拓片，但太大，无从裱，无从挂，所以你们没有看见），怎么美国人会把他搬走了！若在别国，新闻纸不知若何鼓噪，在我们国里，连我恁么一个人，若非接你信，还连影子都不晓得呢！可叹！可叹！

希哲既有余暇做学问，我狠希望他将国际法重新研究一番。因为欧战以后，国际法的内容和从前差得太远了。十余年前所学，现在只好算古董！既已当外交官，便要跟着潮流求自己职务上的新智识。还有中国和各国的条约全文，也须切实研究。希哲能趁这个空闲做这类学问最好。若要汉文的条约汇纂，我可以买得寄来。

和思顺、思永两人特别要说的话，没有什么，下次再说罢。

思顺信说“不能不管政治”，近来我们也狠有这种感觉。你们动身前一个月，多人凝议，也就是这种心理的表现。现在除我们最亲密的朋友外，多数稳健分子，也都拿这些话责备我，看来早晚是不能袖手的。现在打起精神做些预备工夫（这几年来抛空了许久，有点吃亏），等着时局变迁再说罢。

1　发明：此为发现之意。

老 Baby[1] 好顽极了，从没有听见哭过一声，但整天的喊和笑，也狠够他的肺开张了。自从给亲家收拾之后，每天总睡十三四个钟头，一到八点钟，什么人抱他，他都不要，一抱他，他便横过来表示他要睡，放在床上爬几爬，滚几滚，就睡着了。这几天有点可怕！——好咬人，借来磨他的新牙，老郭每天总要着他几口。他虽然还不会叫亲家，却是会填词送给亲家，我问他："是不是要亲家和你一首？"他说"得，得，得"，"对，对，对"。

夜深了，不和你们顽了，睡觉去。

一九二五年七月十日 爹爹

前几天填得一首词，词中的寄托，你们看得出来不？

浣溪沙·端午后一日夜坐

乍有官蛙闹曲池；

更堪鸣砌露蛩悲！

隔林辜负月如眉。

坐久漏签催倦夜，

归来长簟梦佳期。

不因无益废相思。

（李义山诗："直道相思了无益"。）

1 老 Baby：指思礼。

不必着急，只须用相当的努力便好了

孩子们：

我从昨天起被关在医院里了。看这神气，三两天内还不能出院，因为医生还没有找出病源来。我精神奕奕，毫无所苦。医生劝令多仰卧，不许用心，真闷杀人。

以上正月初四写。

入医院今已第四日了，医生说是膀胱中长一疙瘩，用折光镜从溺道中插入检查，颇痛苦（但我对此说颇怀疑，因此病已阅半年，小便从无苦痛，不似膀胱中有病也）。已照过两次，尚未检出，检出后或须用手术。现已电唐天如[1]速来。但道路梗塞，非半月后不能到。我意非万不得已不用手术，因用麻药后，体子总不免吃亏也。

阳历新年前后顺、庄各信次第收到。庄庄成绩如此，我狠

1　唐天如（1877—1961）：字恩溥，广东新会人，名医，梁启超好友。

满足了。因为你原是提高一年，和那按级递升的洋孩子们竞争，能在三十七人考到第十六，真亏你了。好乖乖，不必着急，只须用相当的努力便好了。

寄过两回钱，共一千五百元，想已收。日内打算再汇二千元。大约思成和庄庄本年费用总够了。思永转学后谅来总须补助些，需用多少，即告我。徽音本年需若干，亦告我，当一齐筹来。

庄庄该用的钱就用，不必太过节省。爹爹是知道你不会乱花钱的，再不会因为你用钱多生气的。思成饮食上尤不可太刻苦。前几天见着君劢的弟弟，他说思成像是滋养品不够，脸色狠憔悴。你知道爹爹常常记挂你，这一点你要令爹爹安慰才好。

徽音怎么样？我前月有狠长的信去开解他，我盼望他能领会我的意思。“人之生也，与忧患俱来，知其无可奈何，而安之若命”，是立身第一要诀。思成、徽音性情皆近狷急，我深怕他们受此刺激后，于身体上、精神上皆生不良的影响。他们总要努力镇摄自己，免令老人耽心才好。

我这回的病总是太大意了，若是早点医治，总不至如此麻烦。但病总是不要紧的，这信到时，大概当已全愈了。但在学堂里总须放三两个月假，觉得有点对不住学生们罢了。

前几天在城里过年，狠热闹，我把南长街满屋子都贴起春联来了。

军阀们的仗还是打得一塌糊涂。王姨今早上送达达回天津，下半天听说京、津路又不通了（不知确否），若把他关在天津，真要急杀他了。

爹爹 德国医院三十四号

一九二六年二月十八日

饮食最要当心，交朋友最当谨慎

孩子们：

今日二叔寄来廿四日来电，属电汇学费六百元，今日星期，明晨即办（汇美金六百），大约须廿七八乃能收到也。

计日期，忠忠早已到[1]，你们姊弟兄妹想都欢会过，现在分途上学去了。这电大约是庄庄决定留美之结果，我看着狠喜欢，但也有点惦念，喜欢是我的庄庄居然入大学了，惦念是他完全离开家庭，一个小女孩子孤孤零零怪可怜的。庄庄，你以后每月务须有一封回家来报告你日常生活情形，免得家人悬望。饮食最要当心，若有点不舒服，便立刻请医生，万不可惹出病来，交朋友最当谨慎，一切事都常常请姊姊哥哥们当顾问，我就放心了。

我这几天小便异常之清，大约病完全好了。伍连德叫我每

1　按：1926年7月思忠启程赴美留学，计日期，当已早到了。

星期验血压，前日已开始往验，验得一百十四度，极中和。一切可放心。

今日已由北院二号迁到一号。许多话下次再说。

一九二六年九月廿六晚 爹爹

你如何才能当得起这个名誉，总要非常努力才好

思永读：

今天李济之回到清华，我给他商量你归国事宜，那封信也是昨天从山西打回头他才接着，怪不得许久没有回信。

他把那七十六箱成绩平平安安运到本校，陆续打开，陈列在我们新设的考古室了。今天晚上他和袁复礼（是他同伴，学地质学的）在研究院茶话会里头作长篇的报告演说，虽以我们门外汉听了，也深感兴味。他们演说里头还带着讲“他们两个人都是半路出家的考古学者（济之是学人类学的），真正专门研究考古学的人还在美国——梁先生之公子”。我听了替你高兴又替你惶恐，你将来如何才能当得起“中国第一位考古专门学者”这个名誉，总要非常努力才好。

他们这回意外的成绩，真令我高兴。他们所发掘者是新石器时代的石层，地点在夏朝都城——安邑的附近一个村庄，发

掘得的东西略分为三大部分：（一）陶器，（二）石器，（三）骨器。此外，他们最得意的是得着半个蚕茧，证明在石器时代已经会制丝。其中陶器花纹问题最复杂，这几年来（民国九年以后），瑞典人安迪生在甘肃、奉天发掘的这类花纹的陶器，力倡中国文化西来之说，自经这回的发掘，他们想翻这个案。

最高兴的是，这回所得的东西完全归我们所有（中华民国的东西暂陈设在清华），美国人不能搬出去，将来即以清华为研究的机关，只要把研究结果报告美国那学术团体便是，这是济之的外交手段高强，也是因为美国代表人卑士波到中国三年无从进行（他初到时我还请他吃过一顿饭），最后非在这种条件之下和我们合作不可，所以只得依我们了。这回我们也狠费点事，头一次去算是失败了（我曾有两封信给阎锡山，此外还有好几位的信），第二次居然得意外的成功（听说美国国务总理还有电报来贺卑士波成功哩）。

他们所看定采掘的地方，开方八百亩，已经采掘的只有三分——一亩十分之三——竟自得了七十六箱，倘若全部掘完，只怕故宫各殿的全部都不够陈列了。以考古学家眼光看，中国遍地皆黄金，可惜没有人会捡，真是不错。

关于你回国一年的事情，今天已经和济之仔细商量。他说可采掘的地方是多极了，但是时局不靖，几乎寸步难行，不敢保今年秋间能否一定有机会出去，即如山西这个地方，本来可继续采掘，但几个月后变迁如何，谁也不敢说。还有一层，采掘如开矿一样，假使另觅一个新地方的话，也许失败，白费几个月工夫，毫无所得。你老远跑回来，或者会令你失望。但是有一样，现在所掘得七十六箱东西，整理研究便须莫大的工作，你回来后看时局如何（还有安迪生所掘得的有一部分放在地质调查所中，也要整理），若可以出去，他便约你结伴，若不能出去，你便在清华帮他整理研究（跟着李、袁两人同做工作，一定狠有益）。两者任居其一也，断不至白费这一年光阴云云，你的意思如何？据我看是狠好的，回来后若不能出去，除在清华做这种工作外，我还可以介绍你去请教几位金石家，把中国考古学的常识弄丰富一点，再往美两年，往欧一两年，一定益处更多（城里头几个博物院你除看过武英殿外，故宫博物院、历史博物馆都是新近成立或发展的，回来实地研究所益亦多）。

关于美国团体出川资或薪水这一点，我和济之商量，不提为是。因为这回和他们订的条件是他们出钱我们出力，东西却是全归我们所有。所以这两次出去一切费用由他们担任，惟济之及袁复礼却是领学校薪俸，不是他们的雇佣，将来我们利用他这个机关的日子正长（这机关钱极多，济之说他的名字，我不懂英文，写不出来），犯不着贬低身份，受他薪水，别人且然，何况你是我的孩子呢？只要你决定回来，这点来往盘费，家里还拿得出，我等你回信便立刻汇去。

至于回来后，若出去便用他的费用，若在清华便在家里吃饭，更不成问题了。

我们散会已经十一点钟。这封信第二页以下都是点洋蜡写的，我因为极高兴，写完了才睡觉，别的事都改日再说罢。

济之说要直接和你通信，已经把你的信封要去，想不日也到。

一九二七年一月十日 爹爹

老白鼻[1]这几天闹牙痛，娘娘昨天带他到北京拔了一个牙，只怕还要拔第二个，好不令人心疼。

使领经费或者有点办法，替思顺稍为放心一点。

1 老白鼻：指梁启超之幼子梁思礼。

尽自己能力做去

孩子们：

思成和思永同走一条路，将来互得联络观摩之益，真是再好没有了。思成来信问有用无用之别，这个问题狠容易解答，试问唐开元、天宝间李白、杜甫与姚崇、宋璟比较，其贡献于国家者孰多？为中国文化史及全人类文化史起见，姚、宋之有无，算不得什么事，若没有了李、杜，试问历史减色多少呢？我也并不是要人人都做李、杜，不做姚、宋。要之，要各人自审其性之所近何如，人人发挥其个性之特长，以靖献[1]于社会，人才经济莫过于此。思成所当自策厉者，惧不能为我国美术界作李、杜耳。如其能之，则开元、天宝间时局之小小安危，算什么呢？你还是保持这两三年来的态度，埋头埋脑做去便对了。

1 靖献：奉献。靖，恭敬。

你（按：指思成）觉得自己天才[1]不能副你的理想，又觉得这几年专做呆板工夫，生怕会变成画匠。你有这种感觉，便是你的学问在这时期内将发生进步的特征，我听见倒喜欢极了。孟子说："能与人规矩，不能使人巧。"凡学校所教与所学总不外规矩方面的事，若巧则要离了学校方能发见。规矩不过求巧的一种工具，然而终不能不以此为教、以此为学者，正以能巧之人，习熟规矩后，乃愈益其巧耳（不能巧者，依着规矩可以无大过）。你的天才到底怎么样，我想你自己现在也未能测定，因为终日在师长指定的范围与条件内用功，还没有自由发摅自己性灵的余地。况且凡一位大文学家、大美术家之成就，常常还要许多环境与及附带学问的帮助。中国先辈屡说要"读万卷书，行万里路"。你两三年来蛰居于一个学校的图案室之小天地中，许多潜伏的机能如何便会发育出来？即如此次你到波士顿一趟，便发生许多刺激，区区波士顿算得什么，比起欧洲来真是"河伯"之与"海若"，若和自然界的崇高伟丽之美相比，那更不及万分一了。然而令你触发者已经如此，将来你学成之后，常常找机会转变自己的环境，扩大自己的眼界和胸次，到那时候或者天才会爆发出来，今尚非其时也。今在学校中只有把应学的规矩，尽量学足，不惟如此，将来到欧洲回中国，所有未学的规矩也还须补学，这种工作乃为一生历程所必须经过的，而且有天才的人绝不会因此而阻抑他的天才，你千万别要对此而生厌倦，一厌倦即退步矣。至于将来能否大

1　天才：此处指天分。

成，大成到怎么程度，当然还是以天才为之分限。我生平最服膺曾文正两句话："莫问收获，但问耕耘。"将来成就如何，现在想他则甚？着急他则甚？一面不可骄盈自慢，一面又不可怯弱自馁，尽自己能力做去，做到那里是那里，如此则可以无入而不自得，而于社会亦总有多少贡献。我一生学问得力专在此一点，我盼望你们都能应用我这点精神。

思永回来一年的话怎么样？主意有变更没有？刚才李济之来说，前次你所希望的已经和毕士卜谈过，他狠高兴，已经有信去波士顿博物院，一位先生名罗治者和你接洽，你见面后所谭如何可即回信告我。现在又有一帮瑞典考古学家要大举往新疆发掘了，你将来学成归国，机会多着呢！

忠忠会自己格外用功，而且埋头埋脑不管别的事，好极，好极。姊姊、哥哥们都有信来夸你，我和你娘娘都极喜欢。西点[1]事三日前已经请曹校长再发一电给施公使，未知如何，只得尽了人事后听其自然。你既走军事和政治那条路，团体的联络是少不得的，但也不必忙，在求学时期内，暂且不以此分心也是好的。

旧历新年期内，我着实顽了几天。许久没有打牌了，这次一连打了三天也狠觉有兴。本来想去汤山，因达达受手术，他娘娘离不开，也没有去成。

昨日清华已经开学了，自此以后我更忙个不了，但精神健旺，一点不觉得疲倦。虽然每遇过劳时，小便还带赤化，但既

1　西点：即西点军校，当时思忠准备入西点军校留学。

与健康无关，绝对的不管他便是了。

阿时已到南开教书。北院一号只有我和王姨带着两个白鼻住着，清静得狠。

相片分寄你们，都收到没有？还有第二次照的呢，过几天再寄。

一九二七年二月十六日 爹爹

思成信上讲钟某的事，狠奇怪。现在尚想不着门路去访查，若能得之，则图书馆定当想法购取也。

Lodge 此人为美国参议院前外交委员长之子，现任波士顿博物院采集部长。关于考大学事拟与思永有所接洽。毕士卜已有信致彼，思永或可直往访之。

我自己常常感觉我要拿自己做青年的人格模范（节选）

孩子们：

三个礼拜前，接忠忠信，商量回国，在我万千心事中又增加一重心事。我有好多天把这问题在我脑里盘旋。因为你要求我秘密，我尊重你的意思，在你二叔、你娘娘跟前也未提起，我回你的信也不由你姊姊那里转。但是关于你终身一件大事情，本来应该和你姊姊、哥哥们商量（因为你姊姊、哥哥不同别家，他们都是有程度的人）。现在得姊姊信，知道你有一部分秘密已经向姊姊吐露了，所以我就在这公信内把我替你打算的和盘说出，顺便等姊姊、哥哥们都替你筹画一下。

你想自己改造环境，吃苦冒险，这种精神是狠值得夸奖的，我看见你信非常喜欢。你们谅来都知道，爹爹虽然是挚爱你们，却从不肯姑息溺爱，常常盼望你们在困苦危险中把人格力磨练出来。你看这回西域冒险旅行，我想你三哥加入，不知多少起劲，就这一件事也狠可以证明你爹爹爱你们是如何的爱法了。所以我最初接你的信，倒有六七分赞成的意思，所费商量者，就只在投奔什么人——详情见前信，想早已收到——我当时回你信过后，我便立刻找蒋慰堂，叫他去商量白崇禧那里，又找林宰平商量李济深那里。你的秘密我就只告诉这两个人（前天季常来问起这事，我大吃一惊，连你二叔都不知道，他怎么会知道呢？原来是宰平告诉他，宰平也颇赞成）。现在都还没有回信——因为交通梗塞，通信极慢——但现在我主张已全变，绝对的反对你回来了。因为三个礼拜前情形不同，对他们还有相当的希望，觉得你到那边阅历一年总是好的。现在呢？对于白、陈[1]两人虽依然不绝望——假使你现在国内，也许我还相当的主张你去——但觉得老远跑回来一趟，太犯不着了。头一件，现在所谓北伐，已完全停顿，参加他们军队，不外是参加他们火拼，所为何来？第二件，自从党军发展之后，素质一天坏一天，现在已迥非前比。白崇禧军队算是极好的，到上海后纪律已大坏，人人都说远不如孙传芳军哩。跑进去不会有什么好东西学得来。第三件，他们正火拼得起劲——李济深在粤，一天内杀左派二千人，两湖那边杀右派也是一样的起劲——人人都有自危之心，你们跑进去，立刻便卷在这种危险漩涡中，危险固然不必避，但须有目的才犯得着冒险。像这样不分皂白切葱一般杀人，死了真报不出帐来。冒险总不是这种冒法。这是我近来对于你的行止变更主张的理由，也许你自己

1 陈：疑“李”之误。

亦已经变更了。我知道你当初的计画，是几经考虑才定的，并不是一时的冲动。但因为你在远，不知事实，当时几视党人为神圣，想参加进去，最少也认为是自己历练事情的唯一机会。这也难怪，北京的智识阶级，从教授到学生，纷纷南下者，几个月以前不知若干百千人，但他们大多数都极狼狈、极失望而归了。你若现成在中国，倒不妨去试一试（他们也一定有人欢迎你），长点眼识，但老远跑回来，在极懊丧、极狼狈中白费一年光阴，却太不值了。

至于你那种改造环境的计画，我始终是极端赞成的，早晚总要实行三几年，但不争在这一时。你说："照这样舒服几年下去，便会把人格送掉。"这是没出息的话！一个人若是在舒服的环境中会消磨志气，那么在困苦懊丧的环境中也一定会消磨志气。你看你爹爹困苦日子也过过多少，舒服日子也经过多少，老是那样子，到底志气消磨了没有？——也许你们有时会感觉爹爹是怠惰了（我自己常常有这种警惧），不过你再转眼一看，一定会仍旧看清楚不是这样——我自己常常感觉我要拿自己做青年的人格模范，最少也要不愧做你们姊姊弟兄的模范。我又狠相信我的孩子们，个个都会受我这种遗传和教训，不会因为环境的困苦或舒服而堕落的。你若有这种自信力，便"随遇而安"的做现在所该做的工作，将来绝不怕没有地方、没有机会去历练，你放心罢。

你明年能进西点便进去，不能也没有什么可懊恼，进南部的“打人学校[1]”也可，到日本也可，回来入黄埔也可（假使那时还有黄埔），我总尽力替你设法。就是明年不行，把政治经济学学得可以自信回来，再入那个军队当排长，乃至当兵，我都赞成。但现在殊不必牺牲光阴，太勉强去干。所以无论宰平们回信如何，我都替你取消前议了。你试和姊姊、哥哥们切实商量，只怕也和我同一见解。

这封信前后经过十几天，才陆续写成，要说的语还不到十分之一。电灯久灭了，点着洋蜡，赶紧写成，明天又要进城去。

你们看这信，也该看出我近来生活情形的一斑了。我虽然为政治问题狠绞些脑髓，却是我本来的工作并没有停。每礼拜四堂讲义都讲得极得意（因为《清华周刊》被党人把持，周传儒们不肯把讲义笔记给他们登载），每次总讲两点钟以上，又要看学生们成绩，每天写字时候仍极多。昨今两天给庄庄、桂儿写了两把小楷扇子，每天还和老白鼻顽得极热闹，陆续写给你们的信也真不少。你们可以想见爹爹精神何等健旺了。

一九二七年五月五日 爹爹

1 打人学校：指美国弗吉尼亚军事学院。因训练严格、体罚学生，被人称为“打人学校”。

“猛火熬”和“慢火炖”

孩子们：

一个多月没有写信，只怕把你们急坏了。

不写信的理由狠简单，因为向来给你们的信总在晚上写的，今年热得要命，加以蚊子的群众运动比武汉民党还要利害，晚上不是在院子外头，就是在帐子里头，简直五六十晚没有挨着书桌子，自然没有写信的机会了。加以思永回来后，谅来他去信不少，我越发落得躲懒了。

关于忠忠学业的事情，我新近去过一封电，又思永有两封信详细商量，想早已收到。我的主张是叫他在威士康逊[1]把政治学告一段落，再回到本国学陆军。因为美国决非学陆军之地，而且在军界活动，非在本国有些“同学系”的关系不可以，所以“打人学校”决不要进。至于国内何校最好，我在这一年

1　威士康逊：即美国威斯康星大学。

内切实替你调查预备便是。

思成再留美一年，转学欧洲一年，然后归来最好。关于思成学业，我有点意见。思成所学太专门了，我愿意你趁毕业后一两年，分出点光阴多学些常识，尤其是文学或人文科学中之某部门，稍为多用点工夫。我怕你因所学太专门之故，把生活也弄成近于单调，太单调的生活，容易厌倦，厌倦即为苦恼，乃至堕落之根源。再者，一个人想要交友取益，或读书取益，也要方面稍多，才有接谈交换或开卷引进的机会。不独朋友而已，即如在家庭里头，像你有我这样一位爹爹，也属人生难逢的幸福。若你的学问兴味太过单调，将来也会和我相对词竭，不能领着我的教训，你全生活中本来应享的乐趣，也削减不少了。我是学问趣味方面极多的人，我之所以不能专精有成者在此，然而我的生活内容异常丰富，能够永久保持不厌不倦的精神，亦未始不在此。我每历若干时候，趣味转过新方面，便觉得像换个新生命，如朝旭升天，如新荷出水，我自觉这种生活是极可爱的，极有价值的。我虽不愿你们学我那泛滥无归的短处，但最少也想你们参采我那烂漫向荣的长处（这封信你们留着，也算我自作的小小像赞）。我这两年来对于我的思成，不知何故常常像有异兆的感觉，怕他渐渐会走入孤峭冷僻一路去。我希望你回来见我时，还我一个三四年前活泼有春气的孩子，我就心满意足了。这种境界，固然关系人格修养之全部，但学业上之薰染陶镕，影响亦非小。因为我们做学问的人，学业便占却全生活之主要部分。学业内容之充实扩大，与生命内容之充实扩大成正比例。所以我想医你的病，或预防你的病，不能不注意及此。这些话许久要和你讲，因为你没有毕业以前，要注重你的专门，不愿你分心，现在机会到了，不能不慎重和你说。你看了这信，意见如何（徽音意思如何）？无论校课如何忙迫，是必要回我一封稍长的信，令我安心。

你常常头痛，也是令我不能放心的一件事。你生来体气不如弟妹们强壮，自己便当自己格外撙节补救，若用力过猛，把将来一身健康的幸福削减去，这是何等不上算的事呀！前在费校[1]功课太重，也是无法，今年转校之后，务须稍变态度。我国古来先哲教人做学问方法，最重优游涵饫，使自得之。这句话以我几十年之经验结果，越看越觉得这话亲切有味。凡做学问总要“猛火熬”和“慢火炖”两种工作循环交互着用去。在慢火炖的时候，才能令所熬的起消化作用，融洽而实有诸己。思成，你已经熬过三年了，这一年正该用炖的工夫。不独于你身子有益，即为你的学业计，亦非如此不能得益。你务要听爹爹苦口良言。

庄庄在极难升级的大学中居然升级了，从年龄上你们姐妹弟兄们比较，你算是最早一个大学二年级生，你想爹爹听着多么欢喜。你今年还是普通科大学生，明年便要选定专门了，你现在打算选择没有？我想你们弟兄姊妹，到今还没有一个学自然科学，狠是我们家里的憾事，不知道你性情到底近这方面不？我狠想你以生物学为主科，因为它是现代最进步的自然科

1　费校：即位于费城的宾夕法尼亚大学。

学，而且为哲学、社会学之主要基础，极有趣而不须粗重的工作，于女孩子极为合宜，学回来后本国的生物随在可以采集试验，容易有新发明。截到今日止，中国女子还没有人学这门（男子也狠少），你来做一个“先登者”不好吗？还有一样，因为这门学问与一切人文科学有密切关系，你学成回来可以做爹爹一个大帮手，我将来许多著作，还要请你做顾问哩！不好吗？你自己若觉得性情还近，那么就选他，还选一两样和他有密切联络的学科以为辅。你们学校若有这门的好教授，便留校，否则在美国选一个最好的学校转去，姊姊、哥哥们当然会替你调查妥善，你自己想想定主意罢。

专门科学之外，还要选一两样关于自己娱乐的学问，如音乐、文学、美术等。据你三哥说，你近来看文学书不少，甚好，甚好。你本来有些音乐天才，能够用点功，叫他发荣滋长最好。

姊姊来信说你因用功太过，不时有些病。你身子还好，我倒不十分担心。但做学问原不必太求猛进，像装罐头样子，塞得太多太急，不见得便会受益。我方才教训你二哥，说那“优游涵饫，使自得之”，那两句话，你还要记着受用才好。

你想家想极了，这本难怪，但日子过得极快，你看你三哥转眼已经回来了，再过三年你便变成一个学者回来帮着爹爹工作，多么快活呀！

思顺报告营业情形的信已到。以区区资本而获利如此其丰，实出意外，希哲不知费多少心血了。但他是一位闲不得的人，谅来不以为劳苦。永年保险押借款剩余之部及陆续归还之部，拟随时汇到你们那里经营。永年保险明年秋间便满期，现在借款认息八厘，打算索性不还他，到明年照扣便了。又国内股票公债等，如可出脱者（只要有人买），打算都卖去，欲再凑美金万元交你们（只怕不容易）。因为国内经济界全体破产即在目前，旧物只怕都成废纸了。

我们爷儿俩常打心电[1]，真是奇怪。给他们生日礼一事，我两月前已经和王姨谈过，写信时要说的话太多，竟忘记写去，谁知你又想起来了。耶稣诞我却从未想起。现在可依你来信办理。几个学生都照给他们压岁钱、生日礼、耶稣诞各二十元。桂儿姊弟压岁、耶稣各十元，你们两夫妇却只给压岁钱，别的都不给了，你们不说爹爹偏心吗？

我数日前因闹肚子，带着发热，闹了好几天，旧病也跟着发得利害。新病好了之后，唐天如替我制一药膏，方服了三天，旧病又好去大半了。现在天气已凉，人极舒服。

这几天几位万木草堂老同学韩树园、徐君勉、伍宪子都来这里共商南海[2]先生身后事宜，他家里真是八塌糊涂，没有办法。最糟的是他一位女婿（三姑爷），南海生时已经种种捣鬼，连偷带骗，南海现在负债六七万，至少有一半算是欠他的（他串同外人来盘剥）。现在还是他在那里把持，二姨太是三小姐的生母，现在当家，惟女儿女婿之言是听，外人有什么办法。君勉任劳任怨想要整顿一下，便有“干涉内政”的谤言，只好置之不理。他那两位世兄和思忠、思庄同庚，现在还是一点事不懂（远不及达

1 打心电：即所谓心灵感应。

2 南海：即康有为（1858—1927），广东南海人。

达、司马懿），活是两个傻大少（人当不坏，但是饭桶，将来亦怕变坏）。还有两位在家的小姐，将来不知被那三姑爷摆弄到什么结果，比起我们的周姑爷和你们弟兄姊妹，真成了两极端了。我真不解，像南海先生这样一个人，为什么全不会管教儿女，弄成这样局面。我们公同商议的结果，除了刊刻遗书由我们门生负责外，盼望能筹些款，由我们保管着，等到他家私花尽（现在还有房屋、书籍、字画等所值不少），能够稍为接济那两位傻大少及可怜的小姐，算稍尽点心罢了。

思成结婚事，他们两人商量最好的办法，我无不赞成。在这三几个月当先在国内举行庄重的聘礼，大约须在北京，林家由徽的姑丈们代行，等商量好再报告你们。

福鬘来津住了几天，现在思永在京，他们当短不了时时见面。

达达们功课狠忙，但他们做得兴高采烈，都狠有进步。下半年都不进学校了，良庆（在南开中学当教员）给他们补些英文、算学，照此一年下去，也许抵得过学校里两年。

老白鼻越发好顽了。

爹爹 一九二七年八月廿九日

两点钟了，不写了。

身体和精神十二分注意锻炼、修养

孩子们：

有顶好消息报告你们。我自出了协和以来，真养得大好而特好，一点药都没有吃，只是如思顺来信所说，拿家里当医院，王姨当看护，严格的从起居饮食上调养。一个月以来，“赤化”像已根本扑灭了，脸色一天比一天好，体子亦胖了些。这回算是思永做总司令，王姨执行他的方略，若真能将宿病从此断根，他这回回家，总算尽代表你们的职守了。我半月前因病已好，想回清华，被他听见消息，来封长信说了一大车唠叨话，现在暂且中止了。虽然著述之兴大动，也只好暂行按住。

思顺这次来信，苦口相劝，说每次写信便流泪。你们个个都是拿爹爹当宝贝，我是狠知道的，岂有拿你们的话当耳边风的道理。但两年以来，我一面觉得这病不要紧，一面觉得他无法可医，所以索性不理会他，今既证明有法可医，那么我有什么不能忍耐呢？你们放下十二个心罢。

却是因为我在家养病，引出清华一段风潮，至今未告结束。依思永最初的主张，本来劝我把北京所有的职务都辞掉，后来他住在清华，眼看着惟有清华一时还摆脱不得，所以暂行留着。秋季开学，我到校住数天，将本年应做的事，大略定出规模，便到医院去。原是各方面十分相安的，不料我出院后几天，外交部有改组董事会之举，并且章程上规定校长由董事中互选，内中头一位董事就聘了我。当部里征求我同意时，我原以不任校长为条件才应允（虽然王荫泰对我的条件没有明白答复认可），不料曹云祥怕我抢他的位子，便暗中运动教职员反对，结果只有教员朱某一人附和他。我听见这种消息，便立刻辞职。他也不知道，又想逼我并清华教授也辞去，好同清华断绝关系。于是由朱某运动一新来之研究院学生（年轻受骗）上一封书（匿名），说院中教员旷职，请求易人。老曹便将那怪信油印出来寄给我，讽示我自动辞职。不料事为全体学生所闻，大动公愤，向那写匿名信的新生责问，于是种种卑劣阴谋尽行吐露，学生全体跑到天津求我万勿辞职（并勿辞董事）。恰好那时老曹的信正到来，我只好顺学生公意，声明绝不自动辞教授，但董事辞函却已发出，学生们又跑去外交部请求，勿许我辞。他们未到前，王外长[1]的挽留函也早发出了。他们请求外部撤换校长及朱某，外部正在派员查办中，大约数日后将有揭晓。这类事情，我只觉得小人可怜可笑，绝不因此动气。

1 王外长：指王荫泰（1886—1947），字孟群，山西临汾人，时任外交部总长。

而且外部挽留董事时，我复函虽允诺，但仍郑重声明以不任校长为条件，所以我也断不至因这种事情再惹麻烦，姑且当作新闻告诉你一笑罢。

我近来最高兴的是得着思成长信，知道你的确还是从前那活泼有春气的孩子，又知道身体健康也稍回复了——但因信中有“到哈佛后已不头痛”那句话，益证明我从前的担心并非神经过敏了。你若要我绝对放心，务要在寒假内找医生精密检查，看是否犯了神经衰弱的病，若有一点不妥，非把他根本治好不可。你这样小小年纪，若得了一种痼疾，不独将来不能替国家社会做事，而且自己及全家庭都受苦痛。这件事我交给思顺替我监督着办，三个月后我定要一张医生诊断书看着才放心的。

思成的“中国宫室史”[1]当然是一件大事业，而且极有成功的可能，但非到到各处实地游历不可——大抵内地各名山、唐宋以来建筑物全都留存的尚不少，前乎此者也有若干痕迹——但现在国内情形真是一步不可行，不知何时才能有这种游历机会。思永这回种种计画都成泡影，恐以后只有更坏，不会往好处看，你回来后恐怕只能在北京城圈内外做工作，好在这种工作也够你做一两年了。

十二点过了，王姨干涉了好几次了，明天再写吧。

以上十一月廿三日

1　中国宫室史：早在留学期间梁思成即萌生研究并写作中国建筑史的想法，后经过多年的调查、研究，于1945年出版《中国建筑史》一书。

你来信说武梁祠堂[1]，那不过是美术史上重要资料罢了。建筑上像不会看出什么旧型，你着手研究后所得如何？只怕失望罢。

若亲到嘉祥县去实地用科学方法调查废址，也许有所得。

以上仍是廿三日

你们回国后职业问题大不容易解决，现在那里有人敢修房子呢？学校教授也非易，全国学校除北京外，几乎都关门了，但没法之中也许还是在当教书匠上想法，那么教的什么东西，不能不稍预备，我想你们在西洋美术史上多下一点工夫，何如？

我想你们这一辈青年，恐怕要有十来年——或者更长，要挨极艰难困苦的境遇，过此以往，却不是无事业可做，但要看你对付得过这十几二十年风浪不能。你们现在就要有这种彻底觉悟，把自己的身体和精神十二分注意锻炼、修养，预备着将来历受孟子所谓“苦其心志，劳其筋骨，饿其体肤，空乏其身，行拂乱其所为”者，我对于思成身子常常放心不下，就是为此。

以上仍廿三晚写，写到此被王姨捉去了

思成开美术书单甚好，一年内外北京图书馆只能以万元（华币）购美术书，最好在此数目范围内开单，你若能代买更

1　武梁祠堂：武氏祠，俗称武梁祠，正式名称为“武氏墓群石刻”。位于山东嘉祥县纸坊镇，始建于东汉晚期，是中国现存最大、保存最完整的汉碑、汉墓画像石群。

好，便把款汇给你（书单来后便寄款）。我现虽辞去馆长职，但馆中事还常常问我主意。

以上一九二七年廿四日写

婚礼只要庄严不要侈靡

孩子们：

这封信写了前头那几张，一搁又搁下十二天了，这没有什么奇怪，因为王姨不许我晚上执笔。你们猜我晚上做什么事呢？每天吃完晚饭总是和达达、司马懿“过桥”一点钟（十五舅凑脚，他每天总输两三角钱）他们上课后（八点钟上夜课），再和十五舅、王姨打“三人麻雀”一点钟，约摸十点多便捉去睡觉，但还是睡不着的时候多，因为有许多心事在床上便想起（不外政治问题或学问问题，也常常想起你们），大抵十天中有两三天到床便睡着，仍有七八天展转反侧或到狠夜深也不定。但每天总睡足八个钟头（偶然一天不够八钟，小便便变色），早睡着便早起，晚睡着便晚起。所以身子保养得异常之好，一个月以来“赤焰”几乎全熄了。

这回写信真高兴，因为接连得着思成两封长信，头一封还没有详细回答，第二封（今天到）又来了。这几天常常在我脑子里转的就是思成们结婚问题。结婚当然是回国后才办最好，这是不消说的。在徽音固然他娘娘只有他一个，应该在跟前郑重举行。即以思成论，虽然姊妹弟兄狠多，但你是长子，我还不是十二分不愿意，如此盛典不在我跟前看着办吗？前几天我替南开大学一位教授（研究院毕业生）主婚，他们夫妇都是云南人，没有一个亲属在此。我便充当两边的家长，狠觉得他们冷清清的，同时想起我的思成，若在美结婚，只怕还赶不上他们热闹哩！心里老大不自在。但是为你们学业计，非到欧洲一游不可。回国后想在较近期间内再出去，实属千难万难。这种机会如何可以错过呢？你今天来信说的，徽音从太平洋先归省亲，虽然未尝不可，但徽音虽曾到过欧洲，经过这几年学业后，观察眼光当然与前不同，不去再看一趟，到底是可惜。况且两个人同游同看，彼此观摩，当然所得益处比一个人独游好得多。这种利益不消我多说，你们当然都会想到了。还有一层，你们虽然回国结婚，结婚礼也狠难在北京举行，因为林家一时不会全眷移回北京，然则回来后，不是在天津办就是在福州办，还不是总不能十分圆满吗？所以，我替你们打算还是在美办的好，徽音乖孩子采纳我的主张罢（林家长亲完全和我同一主张，想也有信去了）。

我替你们出主意，最好是在阿图和办——婚礼即在那边最大的礼拜堂里举行。林叔叔本是基督教信徒，我虽不喜教会，但对于基督当然是崇拜的。既然对于宗教没有什么界限，而又当中国婚礼没有什么满意的仪式的时候，你们用庄严的基教婚仪有何不可呢？一面希哲夫妇用“中国国家代表”的资格参列，再请上该地官长和各国外交官来观礼，也狠够隆重的了。你们若定了采用这办法，可先把日期择定，即刻写信回来（或怕赶不上则电告），到那天我和徽音的娘当各有电报给你们贺喜并训勉，岂不是已经相当的热闹和郑重了吗？

有一件事要告诉你们：你们若在教堂行礼，思成的名字便用我的全名，用外国习惯叫做“思成梁启超”，表示你以长子资格继承我全部人格和名誉。

你的腿能够跪拜否？若能，则结婚后第二天新夫妇同到领事馆向两家祖宗及父母双双遥拜，若不能屈膝则双双鞠躬亦得，总之，行最敬礼便是了。

婚礼只要庄严，不要奢糜，不独在外国如是，即回本国举行也不过如是，相当的衣服、首饰（婚礼约指等），姊姊当然会斟酌着办。

我这几天正在忙着和你们行聘礼，大约定期在本月十八日——若聘物预备未齐，则改迟三两日，我们请的大宾是林宰平先生，林家请的大约是江翊云[1]先生或陈仲恕[2]先生（本定翊云，后来林家因他是续婚拟换人）。我们的主要聘仪是玉佩，可以佩在项间者，其佩以翡翠一方，碧犀（红色）一方，缀

1　江翊云：即江庸（1878—1960），字翊云，号澹翁，福建长汀人，梁启超好友，有《梁启超致江庸书札》一书出版。

2　陈仲恕：陈汉第（1874—1949），字仲恕，号伏庐。浙江杭州人。陈汉第是梁启超极好的朋友，而陈之子陈植与梁思成同为宾夕法尼亚大学建筑系留学生。

以小金环联结而成，约费四百元左右，系由陈仲恕先生和你二叔商量购制。我尚未看见，据来信说是美丽极了。林家的主要聘仪是玉印一方，也有翡翠，听说好极了。又据说该玉印原有两方，我不好意思请林家全买，打算我们把那一方也买来添上去。庚帖是两家公请卓君庸先生写。因为他堂上具庆[1]、夫妇齐眉、字又写得极好，合式极了。聘礼行过后，我便请林家将双方聘物一齐汇寄到坎领事馆，要赶上你们婚期。庚帖便在两家家长处，等你们回来才敬谨收藏。

你们结婚后的行程，我也大略一想，在坎住数日后即渡欧，归途从西伯利亚路，先回天津谒祖，我们家郑重请一次客，在津住一个月内外，思成便送徽音回福州谒祖，在福州住一个月内外，徽音若想在家多住些日子，思成便先回津跟着我做学问及其他事业。

我现在有一个小计画，只要天津租界还可以安居时（大约可以），等思成回来，立刻把房子翻盖，重新造一所称心合意的房子为我读书娱老之用。将新房子卖出大约可值四万五乃至五万，日内拟便托仪品公司代卖，卖去时将来全部作为翻盖新房用，先将该款寄坎，托希哲经营，若能多得些赢利更好，总而言之，这部份款项全交思成支配，专充此项之用，思成，你先留心打个腹稿，一回来便试验你的新学问吧。

思成职业问题，一时还没有什么把握，但也不必多忧虑。好在用不着你们养家，你们这新立的小家庭极简单，只要徽音

1　堂上具庆：指父母均健在。

愿意在家里住，尽可以三几年内不用分居（王姨是极好处的，你们都知道）。在南开当一教授，功课担任轻些，每月得百把块钱做零用，用大部分光阴在家里跟着我做几年学问，等时局平静后学问也大成了，再谋独立治生，机会也多着哩。

思永每次回家和我谈谈学问，都极有趣。我想再过几年，你们都回来，我们不必外求，将就家里人每星期开一次“学术讨论会”，已经不知多快乐了。

十一点了，王姨要来干涉了，快写，快写。

你们猜思永干什么？他现在住在监狱里！却是每礼拜要进皇宫三次或两次！你们猜他干吗？

好了不写了。

许多别的话要讲，留待下次罢。先把这十几张纸付邮，不然又怕要耽阁多少天了。

一九二七年十二月五日 爹爹

这几天为你行聘礼，我精神上非常愉快

思成：

这几天为你行聘礼，我精神上非常愉快，你想，从抱在怀里“小不点点”（还经过千灾百难的），一个孩子盘到成人，品性、学问都还算有出息，眼看着就要缔结美满的婚姻，而且不久就要返国，回到我的怀里，如何不高兴呢？今天北京家里典礼极庄严热闹，天津也相当的小小点缀，我和弟弟妹妹们极快乐的顽了半天。想起你妈妈不能小待数年，看见今日，不免起些伤感，但他脱离尘恼，在彼岸上一定是含笑的。除在北京由二叔正式告庙外（思永在京跟着二叔招呼一切），今晨已命达达专在神位前默祷达此诚意。

我主张你们在坎京行礼，你们意思如何？我想没有比这样再好的了。你们在美国两个小孩子自己实张罗不来，且总觉太草率，有姊姊代你们请些客，还在中国官署内行谒祖礼（婚礼

还是教堂内好），才庄严像个体统。

婚礼只要庄严不要侈靡，衣服首饰之类，只要相当过得去便够，一切都等回家再行补办，宁可撙节下点钱作旅行费。

你们由欧归国行程，我也盘算到了。头一件我反对由西伯利亚路回来，因为野蛮残破的俄国，没有什么可看，而且入境出境，都有种种意外危险（到满洲里车站总有无数麻烦），你们最主要目的是游南欧，从南欧折回俄京搭火车也太不经济，想省钱也许要多花钱。我替你们打算：到英国后折往瑞典、那威一行，因北欧极有特色，市政亦极严整有新意（新造之市，建筑上最有意思者为南美诸国，可惜力量不能供此游，次则北欧特可观），必须一往。由是入德国，除几个古都市外，莱因河畔著名堡垒，最好能参观一二。回头折入瑞士看些天然之美。再入意大利，多耽阁些日子，把文艺复兴时代的美彻底研究了解。最后便回到法国，在玛赛上船（到西班牙也好，刘子楷在那里当公使，招呼极方便。中世及近世初期的欧洲文化实以西班牙为中心）。中间最好能腾出点时间和金钱到土耳其一行，看看回教的建筑和美术，附带着（替我）看看土耳其革命后政治（关于这一点，最好能调查得一两部极简明的书（英文的）回来讲给我听听）。

思永明年回美，我已决定叫他从欧洲走（但是许走西伯利亚路，因为去比来的危难较少）。最好你们哥儿俩约定一个碰头地方，大约以使馆为通信处最便。你们只要大概预定某月到某国，届时思永到那边使馆找你们便是。

从印度洋回来，当然以先到福州为顺路，但我要求你们先回京、津，后去福州。假使徽音在闽预定仅住一月半月，那自然无妨。但我忖度情理，除非她的母亲已回北京，否则徽一定愿意多住些日子，而且极应该多住，那么必须先回津，将应有典礼都行过之后，你才送去。你在那边住个把月便回来，留徽在娘家一年半载，则双方仁至义尽。关于这一点，谅来你们也都同意。

一九二七年十二月十八日 爹爹

你们立刻须找职业，求自立

思成、徽音：

我将近两个月没有写“孩子们”的信了，今最可以告慰你们的，是我的体子静养极有进步，半月前入协和灌血并检查，灌血后红血球竟增至四百二十万，和平常健康人一样了。你们远游中得此消息，一定高兴百倍。

思成和你们姊姊报告结婚情形的信，都收到了，一家的冢嗣[1]，成此大礼，老人欣悦情怀可想而知。尤其令我喜欢者，我以素来偏爱女孩之人，今又添了一位法律上的女儿，其可爱与我原有的女儿们相等，真是我全生涯中极愉快的一件事。

你们结婚后，我有两件新希望：头一件，你们俩体子都不甚好，希望因生理变化作用，在将来健康上开一新纪元。第二件，你们俩从前都有小孩子癖气，爱吵嘴，现在完全成人了，

1　冢嗣：长子。

希望全变成大人样子，处处互相体贴，造成终身和睦安乐的基础。这两种希望，我想总能达到的。近来成绩如何？我盼望在没有和你们见面之前，先得着满意的报告。

你们游历路程计画如何？预定约某月可以到家？归途从海道抑从陆路？想已有报告在途。若还未报告，则得此信时，务必立刻回信详叙，若是西伯利亚路，尤其要早些通知我，当托人在满洲里招呼你们入国境。

你们回来的职业，正在向各方面筹画进行（虽然未知你们自己打何主意），一是东北大学教授（东北为势最顺，但你们去也有许多不方便处，若你能得清华，徽音能得燕京，那是最好不过了），一是清华学校教授，成否皆未可知，思永当别有详函报告。另外还有一件“非职业的职业”——上海有一位大藏画家庞莱臣，其家有六朝唐画十余轴，宋元画近千轴，明清名作不计其数，这位老先生六十多岁了，我想托人介绍你拜他门（已托叶葵初），当他几个月的义务书记，若办得到，倒是你学问前途一个大机会。你的意思如何？亦盼望到家以前先用信表示。

你们既已成学，组织新家庭，立刻须找职业，求自立，自是正办，但以现在时局之混乱，职业能否一定找着，也狠是问题。我的意思，一面尽人事去找，找得着当然最好，找不着也不妨，暂时随缘安分，徐待机会。若专为生计独立之一目的，勉强去就那不合式或不乐意的职业，以致或贬损人格，或引起精神上苦痛，倒不值得。一般毕业青年中大多数立刻要靠自己的劳作去养老亲，或抚育弟妹，不管什么职业得就便就，那是无法的事。你们算是天幸，不在这种境遇之下，纵令一时得不着职业，便在家里跟着我再当一两年学生（在别人或正是求之不得的），也没什么要紧。所差者，以徽音现在的境遇，该迎养他的娘娘才是正办，若你们未得职业上独立，这一点狠感困难。但现在觅业之艰，恐非你们意想所及料，所以我一面随时替你们打算，一面愿意你们先有这种觉悟，纵令回国一时未能得相当职业，也不必失望沮丧。失望沮丧，是我们生命上最可怖之敌，我们须终身不许他侵入。

《中国宫室史》诚然是一件大事业，但据我看，一时狠难成功，因为古建筑什九被破坏，其有现存的，因兵乱影响，无从到内地实地调查，除了靠书本上资料外（书本上资料我有些可以供给你，尤其是从文字学上研究中国初民建筑，我有些少颇有趣的意见，可惜未能成片段，你将来或者因我所举的例继续研究得有更好的成绩），只有北京一地可以着手（幸而北京资料不少，用科学的眼光整理出来，也狠够你费一两年工作）。所以我盼望你注意你的副产工作——即《中国美术史》。这项工作，我狠可以指导你一部分，还可以设法令你看见许多历代名家作品。我所能指导你的，是将各派别提出个纲领，及将各大作家之性行及其时代背景详细告诉你。名家作品家里头虽然藏得狠少（也有些佳品为别家所无），但现在故宫开放以及各私家所藏，我总可以设法令你得特别摩挲研究的机会，这便是你比别人便宜的地方。所以我盼望你在旅行中便做这项工作的预备。所谓预备者，其一是多读欧人美术史的名著，以备采用他们的体例，关于这类书，认为必要时，不妨多买几部；其二是在欧洲各博物馆、各画苑中见有所藏中国作品，特别注意记录。

回来时立刻得有职业固好，不然便用一两年工夫，在著述上造出将来自己的学术地位，也是大佳事。

你来信总是太少了，老人爱怜儿女，在养病中以得你们的信为最大乐事，你在旅行中尤盼将所历者随时告我（明信片也好），以当卧游，又极盼新得的女儿常有信给我。

四月廿六日 爹爹

清华教授事或有成功的希望，若成功，新校长已允力为设法。则你需要开学前到家，届时我或有电报催你回来。

一九二八年廿八日又书

辑四

曾国藩家书

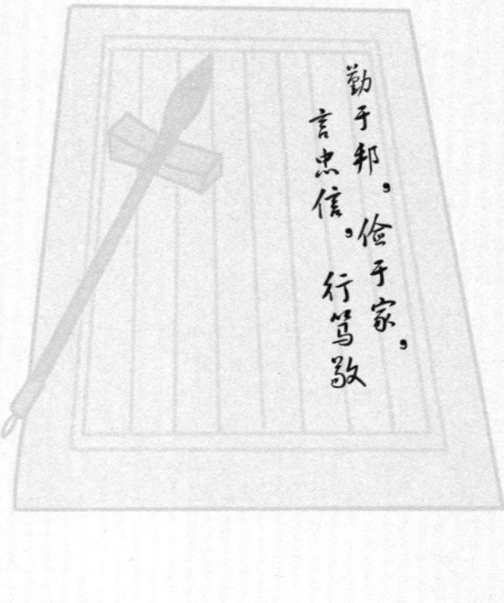

曾国藩家训

曾国藩

1811年11月26日—1872年3月12日

湖南湘乡白杨坪（今属双峰）人，原名子城，字伯涵，号涤生。晚清时期著名政治家、军事家、思想家、文学家。官至两江总督、直隶总督、武英殿大学士，封一等毅勇侯，谥曰文正。曾国藩在修身、齐家、治国、平天下方面的种种实践与思考对后代产生重要影响。有学者曾说过："曾国藩之于后人的意义是，他以自己的实践证明，一个中人，通过'陶冶变化'，可以成为超人。换句话说，如果一个人真诚地投入自我完善，他的本领可以增长十倍，见识可以高明十倍，心胸可以扩展十倍，气质可以纯净十倍。"在治家教子方面，他继承祖训的治家宗旨，主张勤俭持家、努力治学、睦邻友好、读书明理。良好的家风造就了曾氏家门后人才俊辈出。弟弟曾国荃官至两江总督，儿子曾纪泽、曾纪鸿分别为外交家、数学家。两百年间，家族杰出人才二百四十余人，遍布外交、数学、化学化工、文学艺术、军政实业等领域。

有子孙，有田园，家风半读半耕，
但以箕裘承祖泽；
无官守，无言责，世事不闻不问，
且将艰巨付尔曹。

惟学作圣贤，全由自己作主

字谕纪鸿儿：

家中人来营者，多称尔举止大方，余为少慰。凡人多望子孙为大官，余不愿为大官，但愿为读书明理之君子。勤俭自持，习劳习苦，可以处乐，可以处约。此君子也。

余服官二十年，不敢稍染官宦气习，饮食起居，尚守寒素家风，极俭也可，略丰也可，太丰则吾不敢也。凡仕宦之家，由俭入奢易，由奢返俭难。尔年尚幼，切不可贪爱奢华，不可惯习懒惰。无论大家小家、士农工商，勤苦俭约，未有不兴；骄奢倦怠，未有不败。尔读书写字不可间断，早晨要早起，莫坠高曾祖考以来相传之家风。吾父吾叔，皆黎明即起，尔之所知也。

凡富贵功名，皆有命定，半由人力，半由天事。惟学作圣贤，全由自己作主，不与天命相干涉。吾有志学为圣贤，少时

欠居敬工夫，至今犹不免偶有戏言戏动。尔宜举止端庄，言不妄发，则入德之基也。手谕。（时在江西抚州门外）

咸丰六年九月二十九夜

新妇初来，宜教入厨作羹

字谕纪泽儿：

胡二等来，接尔安禀，字画尚未长进。尔今年十八岁，齿已渐长，而学业未见其益。陈岱云姻伯之子号杏生者，今年入学，学院批其诗冠通场，渠系戊戌二月所生，比尔仅长一岁，以其无父无母家渐清贫，遂尔勤苦好学，少年成名。尔幸托祖父余荫，衣食丰适，宽然无虑，遂尔酣豢佚乐，不复以读书立身为事。古人云：劳则善心生，佚则淫心生。孟子云：生于忧患，死于安乐。吾虑尔之过于佚也。

新妇初来，宜教之入厨作羹，勤于纺织，不宜因其为富贵子女不事操作。大、二、三诸女，已能做大鞋否？三姑一嫂，每年做鞋一双寄余，各表孝敬之忱，各争针黹之工；所织之布，做成衣袜寄来，余亦得察闺门以内之勤惰也。

余在军中不废学问，读书写字未甚间断，惜年老眼蒙，无甚长进。尔今未弱冠，一刻千金，切不可浪掷光阴。四弟所买衡阳之田，可觅人售出，以银寄营，为归还李家款。父母存，不有私财，士庶人且然，况余身为卿大夫乎？

余癣疾复发，不似去秋之甚，李次青十七日在抚州败挫，已详寄沅甫函中。现在崇仁加意整顿，三十日获一胜仗。口粮缺乏，时有决裂之虞，深为焦灼。尔每次安禀，详陈一切，不可草率，祖父大人之起居，合家之琐事，学堂之功课，均须详载，切切此谕。

咸丰六年十月初二日

做人需忠恕

字谕纪泽儿：

余此次出门，略载日记，即将日记封每次家信中。闻林文忠家书，即系如此方法。

尔在省，仅至丁、左两家，余不轻出，足慰远怀。读书之法，看、读、写、作，四者每日不可缺一。看者，如尔去年看《史记》、《汉书》、《韩文》、《近思录》，今年看《周易折中》之类是也。读者，如《四书》、《诗》、《书》、《易经》、《左传》诸经、《昭明文选》、李杜韩苏之诗、韩欧曾王之文，非高声朗诵则不能得其雄伟之概，非密咏恬吟则不能探其深远之韵。譬之富家居积，看书则在外贸易，获利三倍者也，读书则在家慎守，不轻花费者也；譬之兵家战争，看书则攻城略地，开拓土宇者也，读书则深沟坚垒，得地能守者也。看书如子夏之"日知所亡"相近，读书与"无忘所能"相近，二者不可偏废。

至于写字，楷行篆隶，尔颇好之，切不可间断一日。既要求好，又要求快。余生平因作字迟钝，吃亏不少。尔须力求敏捷，每日能作楷书一万则几矣。

至于作诸文，亦宜在二三十岁立定规模；过三十后，则长进极难。作四书文，作试帖诗，作律赋，作古今体诗，作古文，作骈体文，数者不可不一一讲求，一一试为之。少年不可怕丑，须有狂者进取之趣，此时不试为之，则后此弥不肯为矣。

至于做人之道，圣贤千言万语，大抵不外敬恕二字。“仲弓问仁”一章，言敬恕最为亲切。自此以外，如立则见参于前也，在舆则见其倚于衡也；君子无众寡，无小大，无敢慢，斯为泰而不骄；正其衣冠，俨然人望而畏，其为威而不猛，是皆言敬之最好下手者。孔言“欲立立人，欲达达人”；孟言“行有不得，反求诸己”。“以仁存心，以礼存心，有终身之忧，无一朝之患”，是皆言恕之最好下手者。尔心境明白，于恕字或易著功，敬字则宜勉强行之。此立德之基，不可不谨。

科场在即，亦宜保养身体。余在外平安，不多及。

再，此次日记，已封入澄侯叔函中寄至家矣。余自十二至湖口，十九夜五更开船晋江西省，二十一申刻即在章门。余不多及。又示。涤生手谕（舟次樵舍下，去江西省城八十里）。

咸丰八年七月廿一日

读书须能涵泳体察

字谕纪泽儿：

八月一日，刘曾撰来营，接尔第二号信并薛晓帆信，得悉家中四宅平定，至以为慰。

汝读《四书》无甚心得，由不能虚心涵泳，切己体察。朱子教人读书之法，此二语最为精当。尔现读《离娄》，即如《离娄》首章“上无道揆，下无法守”，吾往年读之，亦无甚警惕。近岁在外办事，乃知上之人必揆诸道，下之人必守乎法。若人人以道揆自许，从心而不从法，则下凌上矣。“爱人不亲”章，往年读之，不甚亲切。近岁阅历日久，乃知治人不治者，智不足也。此切己体察之一端也。涵泳二字，最不易识，余尝以意测之。曰：涵者，如春雨之润花，如清渠之溉稻。雨之润花，过小则难透，过大则离披，适中则涵濡而滋液；清渠之溉稻，过小则枯槁，过多则伤涝，适中则涵养而浡兴。（泳者，如鱼之游水，如人之濯足。）程子谓鱼跃于渊，活泼泼地；庄子言濠梁观鱼，安知非乐？此鱼水之快也。左太冲有“濯足万里流”之句，苏子瞻有夜卧濯足诗，有浴罢诗，亦人性乐水者之一快也。善读书者，须视书如水，而视此心如花如稻如鱼如濯足，则涵泳二字，庶可得之于意言之表。尔读书易于解说文义，却不甚能深入，可就朱子涵泳体察二语悉心求之。

邹叔明新刊地图甚好。余寄书左季翁，托购致十副。尔收得后，可好藏之。薛晓帆银百两宜璧还。余有复信，可并交季翁也。此嘱。父涤生字。

咸丰八年八月初三日

做人要有气量

字谕纪泽：

闻尔至长沙已逾月余，而无禀来营，何也？少庚讣信百余件，闻皆尔亲笔写之，何不发刻？或请人帮写？非谓尔宜自惜精力，盖以少庚年未三十，情有等差，礼有隆杀，则精力亦不宜过竭耳。

近想已归家度岁。今年家中因温甫叔之变，气象较之往年迥不相同。余因去年在家，争辩细事，与乡里鄙人无异，至今深抱悔憾。故虽在外，亦恻然寡欢。尔当体我此意，于叔祖各叔父母前尽此爱敬之心。常存休戚一体之念，无怀彼此歧视之见，则老辈内外必器爱尔，后辈兄弟姊妹以为榜样，日处日亲，愈久愈敬。若使宗族乡党皆曰纪泽之量大于其父之量，则余欣然矣。

余前有信教尔学作赋，尔复禀并未提及。又有信言涵养二字，尔复禀亦未之及。嗣后我信中所论之事，尔宜一一禀复。

余于本朝大儒，自顾亭林之外，最好高邮王氏之学。王安国以鼎甲官至尚书，谥文肃，正色立朝，生怀祖先生。念孙经学精卓，生王引之，复以鼎甲官尚书，谥文简，三代皆好学深思，有汉韦氏、唐颜氏之风。余自憾学问无成，有愧王文肃公远甚，而望尔辈为怀祖先生，为伯申氏，则梦寐之际，未尝须臾忘也。怀祖先生所著《广雅疏证》、《读书杂志》家中无之。伯申氏所著《经义述闻》、《经传释词》，《皇清经解》内有之。尔可试取一阅。其不知者，写信来问。本朝穷经者，皆精小学，大约不出段、王两家之范围耳。余不一一。父涤生示。

咸丰八年十二月三十日

看书要有所择

字谕纪泽儿：

前次于诸叔父信中，复示尔所问各书帖之目。乡间苦于无书，然尔生今日，吾家之书，业已百倍于道光中年矣。买书不可不多，而看书不可不知所择。以韩退之为千古大儒，而自述其所服膺之书，不过数种：曰《易》、曰《书》、曰《诗》、曰《春秋左传》、曰《庄子》、曰《离骚》、曰《史记》、曰相如、子云。柳子厚自述其所得，正者：曰《易》、曰《书》、曰《诗》、曰《礼》、曰《春秋》；旁者：曰《穀梁》、曰《孟》、《荀》、曰《庄》、《老》、曰《国语》、曰《离骚》、曰《史记》。二公所读之书，皆不甚多。

本朝善读古书者，余最好高邮王氏父子，曾为尔屡言之矣。今观怀祖先生《读书杂志》中所考订之书，曰《逸周书》、曰《战国策》、曰《史记》、曰《汉书》、曰《管子》、曰《晏子》、曰《墨子》、曰《荀子》、曰《淮南子》、曰《后汉书》、曰《老》、《庄》、曰《吕氏春秋》、曰《韩非子》、曰《杨子》、曰《楚辞》、曰《文选》，凡十七种。又别著《广雅疏证》一种。伯申先生《经义述闻》中所考订之书，曰《易》、曰《书》、曰《诗》、曰《周官》、曰《仪礼》、曰《大戴礼》、曰《礼记》、曰《左传》、曰《国语》、曰《公羊》、曰《穀梁》、曰《尔雅》，凡十二种。王氏父子之博，古今所罕，然亦不满三十种也。

余于《四书》、《五经》之外，最好《史记》、《汉书》、《庄子》、"韩文"四种，好之十余年，惜不能熟读精考。又好《通鉴》、《文选》及姚惜抱所选《古文辞类纂》、余所选《十八家诗抄》四种，共不过十余种。早岁笃志为学，恒思将此十余书贯串精通，略作札记，仿顾亭林、王怀祖之法。今年齿衰老，时事日艰，所志不克成就，中夜思之，每用愧悔。泽儿若能成吾之志，将《四书》、《五经》及余所好之八种一一熟读而深思之，略作札记，以志所得，以著所疑，则余欢欣快慰，夜得甘寝，此外别无所求矣。至王氏父子所考订之书二十九种，凡家中所无者，尔可开一单来，余当一一购得寄回。

学问之途，自汉至唐，风气略同；自宋至明，风气略同；国朝又自成一种风气，其尤著者，不过顾、阎（百诗）、戴（东原）、江（慎修）、钱（辛楣）、秦（味经）、段（懋堂）、王（怀祖）数人，而风会所扇，群彦云兴。尔有志读书，不必别标汉学之名目，而不可不一窥数君子之门径。

凡有所见闻，随时禀知，余随时谕答，较之当面回答，更易长进也。

咸丰九年四月廿一日

读书要明事理

字谕纪泽儿：

接尔二十九、三十号两禀，得悉《书经》注疏看《商书》已毕。《书经》注疏颇庸陋，不如《诗经》之该博。我朝儒者，如阎百诗、姚姬传诸公皆辨别古文《尚书》之伪。孔安国之传，亦伪作也。盖秦燔书后，汉代伏生所传，欧阳及大小夏侯所习，皆仅二十八篇，所谓今文《尚书》者也。厥后孔安国家有古文《尚书》，多十余篇，遭巫蛊之事，未得立于学官，不传于世。厥后张霸有《尚书》百两篇，亦不传于世。后汉贾逵、马、郑作古文《尚书》注解，亦不传于世。至东晋梅颐始献古文《尚书》并孔安国传，自六朝唐宋以来承之，即今通行之本也。自吴才老及朱子、梅鼎祚、归震川，皆疑其为伪。至阎百诗遂专著一书以痛辨之，名曰《疏证》。自是辨之者数十家，人人皆称伪古文、伪孔氏也。《日知录》中略著其原委。王西庄、孔渊如、江艮庭三家皆详言之（《皇清经解》中皆有江书，不足观）。此亦《六经》中一大案，不可不知也。

尔读书记性平常，此不足虑。所虑者，第一怕无恒，第二怕随笔点过一遍，并未看得明白。此却是大病。若实看明白了，久之必得些滋味，寸心若有怡悦之境，则自略记得矣。尔不必求记，却宜求个明白。

邓先生讲书，仍请讲《周易折中》。余圈过之《通鉴》，暂不必讲，恐污坏耳。尔每日起得早否？并问。此谕，涤生手示。

咸丰九年六月十四日辰刻

治家八事，缺一不可

字谕纪泽儿：

初一日接尔十六日禀，澄叔已移寓新居，则黄金堂老宅，尔为一家之主矣。昔吾祖星冈公最讲求治家之法，第一起早，第二打扫洁净，第三诚修祭祀，第四善待亲族邻里。凡亲族邻里来家，无不恭敬款接，有急必周济之，有讼必排解之，有喜必庆贺之，有疾必问，有丧必吊。此四事之外，于读书、种菜等事尤为刻刻留心，故余近写家信，常常提及书、蔬、鱼、猪四端者，盖祖父相传之家法也。尔现读书无暇，此八事，纵不能一一亲自经理，而不可不识得此意，请朱运四先生细心经理，八者缺一不可。其诚修祭祀一端，则必须尔母随时留心。凡器皿第一等好者留作祭祀之用，饮食第一等好者亦备祭祀之需。凡人家不讲究祭祀，纵然兴旺，亦不久长。至要至要。

尔所论看《文选》之法，不为无见。吾观汉魏文人，有二端最不可及：一曰训诂精确，二曰声调铿锵。《说文》训诂之学，自中唐以后人多不讲，宋以后说经尤不明故训，及至我朝巨儒始通小学。段茂堂、王怀祖两家，遂精研乎古人文字声音之本，乃知《文选》中古赋所用之字，无不典雅精当。尔若能熟读段、王两家之书，则知眼前常见之字，凡唐宋文人误用者，唯《六经》不误，《文选》中汉赋亦不误也。即以尔禀中所论《三都赋》言之，如“蔚若相如，皭若君平”，以一蔚字赅括相如之文章，以一皭字赅括君平之道德，此虽不尽关乎训诂，亦足见其下字之不苟矣。至声调之铿锵，如“开高轩以临山，列绮窗而瞰江”，“碧出苌宏之血，鸟生杜宇之魄”，“洗兵海岛，刷马江洲”，“数军实乎桂林之苑，飨戎旅乎落星之楼”等句，音响节奏，皆后世所不能及。尔看《文选》，能从此二者用心，则渐有入理处矣。

作梅先生想已到家，尔宜恭敬款接。沅叔既已来营，则无人陪往益阳。闻胡宅专人至吾乡迎接，即请作梅独去可也。尔舅父牧云先生身体不甚耐劳，即请其无庸来营。吾此次无信，尔先致吾意，下次再行寄信。此嘱。

咸丰十年闰三月初四日

银钱、田产最易长骄气逸气

字谕纪泽、纪鸿儿：

泽儿在安庆所发各信及在黄石矶、湖口之信，均已接到。鸿儿所呈拟连珠体寿文，初七日收到。

余以初九日出营至黟县查阅各岭，十四日归营，一切平安。鲍超、张凯章二军，自二十九、初四获胜后未再开仗。杨军门带水陆三千余人至南陵，破贼四十余垒，拔出陈大富一军。此近日最可喜之事。

英夷业已就抚，余九月六日请带兵北援一疏，奉旨无庸前往，余得一意办东南之事，家中尽可放心。

泽儿看书天分高，而文笔不甚劲挺，又说话太易，举止太轻，此次在祁门为日过浅，未将一轻字之弊除尽，以后须于说话走路时刻刻留心。鸿儿文笔劲健，可慰可喜。此次连珠文，先生改者若干字？拟体系何人主意？再行详禀告我。

银钱、田产，最易长骄气逸气，我家中断不可积钱，断不可买田。尔兄弟努力读书，决不怕没饭吃。至嘱。澄叔处此次未写信，尔禀告之。

闻邓世兄读书甚有长进，顷阅贺寿之单帖寿禀，书法清润。兹付银十两，为邓世兄（汪汇）买书之资。此次未写信寄寅阶先生，前有信留明年教书，当收到矣。

咸丰十年十月十六日

饭后散步为养生秘诀

字谕纪泽儿：

曾名琮来，接尔十一月廿五日禀，知十五、十七尚有两禀未到。

尔体甚弱，咳吐咸痰，吾尤以为虑，然总不宜服药。药能活人，亦能害人。良医则活人者十之七，害人者十之三；庸医则害人者十之七，活人者十之三。余在乡在外，凡目所见者，皆庸医也。余深恐其害人，故近三年来，决计不服医生所开之方药，亦不令尔服乡医所开之方药。见理极明，故言之极切，尔其敬听而遵行之。每日饭后走数千步，是养生家第一秘诀。尔每餐食毕，可至唐家铺一行，或至澄叔家一行，归来大约可三千余步。三个月后，必有大效矣。

尔看完《后汉书》，须将《通鉴》看一遍。即将京中带回之《通鉴》，仿照余法，用笔点过可也。尔走路近略重否？说话略钝否？千万留心，此谕。涤生手示。

咸丰十年十二月廿四日

读书要从自己短处下工夫

字谕纪泽儿：

正月初十日接尔腊月十九日一禀，十二日又由安庆寄到尔腊月初四日之禀，俱知一切。

长夫走路太慢，而托辞于为营中他信绕道长沙耽搁之故。此不足信。譬如家中遣人送信至白玉堂，不能按期往返，有责之者，则曰被杉木坝、周家老屋各佃户强我送担耽搁了。为家主者但当严责送信之迟，不管送担之真与否也；况并无佃户强令送担乎？营中送信至家与黄金堂送信至白玉堂，远近虽殊，其情一也。

尔求抄古文目录，下次即行寄归。尔写字笔力太弱，以后即常摹柳帖亦好。家中有柳书《玄秘塔》、《琅琊碑》、《西平碑》各种，尔可取《琅琊碑》日临百字、摹百字。临以求其神气，摹以仿其间架。每次家信内，各附数纸送阅。

《左传》注疏阅毕，即阅看《通鉴》。将京中带回之《通鉴》，仿我手校本，将目录写于面上。其去秋在营带去之手校本，便中仍当寄送祁门。余常思翻阅也。

尔言鸿儿为邓师所赏，余甚欣慰。鸿儿现阅《通鉴》。尔亦可时时教之。尔看书天分甚高，作字天分甚高，作诗文天分略低，若在十五六岁时教导得法，亦当不止于此。今年已廿三岁，全靠尔自己扎挣发愤，父兄师长不能为力。作诗文是尔之所短，即宜从短处痛下工夫。看书写字尔之所长，即宜拓而充之。走路宜重，说话宜迟，常常记忆否？

余身体平安，告尔母放心。涤生手示。

咸丰十一年正月十四日

谨遵八本、三致祥

字谕纪泽、纪鸿儿：

接二月廿三日信，知家中五宅平安，甚慰甚慰。

余以初三日至休宁县，即闻景德镇失守之信。初四日写家书，托九叔处寄湘，即言此间局势危急，恐难支持，然犹意力攻徽州，或可得手，即是一条生路。

初五日进攻，强中、湘前等营在西门挫败一次。十二日再行进攻，未能诱贼出仗。是夜二更，贼匪偷营劫村，强中、湘前等营大溃。凡去廿二营，其挫败者八营（强中三营、老湘三营、湘前一、震字一），其幸而完全无恙者十四营（老湘六、霆三、礼二、亲兵一、峰二），与咸丰四年十二月十二夜贼偷湖口水营情形相仿。

此次未挫之营较多，以寻常兵事言之，此尚为小挫，不甚伤元气。目下值局势万紧之际，四面梗塞，接济已断，加此一挫，军心尤大震动。所盼望者，左军能破景德镇、乐平之贼，鲍军能从湖口迅速来援，事或略有转机，否则不堪设想矣。

余自从军以来，即怀见危授命之志。丁、戊年在家抱病，常恐溘逝牖下，渝我初志，失信于世。起复再出，意尤坚定。此次若遂不测，毫无牵恋。自念贫窭无知，官至一品，寿逾五十，薄有浮名，兼秉兵权，忝窃万分，夫复何憾！

唯古文与诗，二者用力颇深，探索颇苦，而未能介然用之，独辟康庄。古文尤确有依据，若遽先朝露，则寸心所得，遂成广陵之散。作字用功最浅，而近年亦略有入处。三者一无所成，不无耿耿。至行军本非余所长，兵贵奇而余太平，兵贵诈而余太直，岂能办此滔天之贼？即前此屡有克捷，已为侥幸，出于非望矣。

尔等长大之后，切不可涉历兵间，此事难于见功，易于造孽，尤易于诒万世口实。余久处行间，日日如坐针毡，所差不负吾心，不负所学者，未尝须臾忘爱民之意耳。近来阅历愈多，深谙督师之苦。尔曹唯当一意读书，不可从军，亦不必做官。

吾教子弟不离八本、三致祥。八者曰：读古书以训诂为本，作诗文以声调为本，养亲以得欢心为本，养生以少恼怒为本，立身以不妄语为本，治家以不晏起为本，居官以不要钱为本，行军以不扰民为本。三者曰：孝致祥，勤致祥，恕致祥。

吾父竹亭公之教人，则专重孝字。其少壮敬亲，暮年爱亲，出于至诚，故吾纂墓志，仅叙一事。吾祖星冈公之教人，则有八字、三不信。八者曰：考、宝、早、扫、书、蔬、鱼、猪。三者曰僧巫，曰地仙，曰医药，皆不信也。

处兹乱世，银钱愈少，则愈可免祸；用度愈省，则愈可养福。尔兄弟奉母，除劳字俭字之外，别无安身之法。吾当军事极危，辄将此二字叮嘱一遍，此外亦别无遗训之语，尔可禀告诸叔及尔母无忘。

咸丰十一年三月十三日

不急得失，寻转旋之机

字谕纪泽儿：

三月卅日建德途次接澄侯弟在永丰所发一信，并尔将去省时在家所留之禀。尔到省后所寄一禀，却于二十八日先到也。

余于二十六日自祁门拔营起行，初一日至东流县。鲍军七千余人于二十五日自景德镇起行，三十日至下隅坂。因风雨阻滞，初三日始渡江，即日进援安庆，大约初八九可到。沅弟、季弟在安庆稳守十余日，极为平安。朱云岩带五百人，二十四自祁门起行，初二日已至安庆助守营壕，家中尽可放心。

此次贼救安庆，取势乃在千里以外，如湖北则破黄州，破德安，破孝感，破随州、云梦、黄梅、蕲州等属，江西则破吉安，破瑞州、吉水、新淦、永丰等属，皆所以分兵力，亟肆以疲我，多方以误我。贼之善于用兵，似较昔年更狡更悍。吾但求力破安庆一关，此外皆不遽与之急得失。转旋之机，只在一二月可决耳。

乡间早起之家，蔬菜茂盛之家，类多兴旺。晏起无蔬之家，类多衰弱。尔可于省城菜园中，用重价雇人至家种蔬，或二人亦可。其价若干，余由营中寄回。此嘱。涤生手示（东流县）。

此次未写信与澄叔，尔禀告之。

咸丰十一年四月初四日

居家之道以戒奢侈为要义

字谕纪泽儿：

八月廿日胡必达、谢荣凤到，接尔母子及澄叔三信，并叔二信，俱悉一切。

蔡迎五竟死于京口江中，可异可悯！兹将其口粮三两补去外，以银二十两赈恤其家。朱运四先生之母仙逝，兹寄去奠仪银八两。蕙姑娘之女一贞，于今冬发嫁，兹付去奁仪十两。家中可分别妥送。

大女儿择于十月初三日发嫁，袁家已送期来否？余向定妆奁之资二百金，兹先寄百金回家，制备衣物，余百金俟下次再寄。

居家之道，唯崇俭可以长久，处乱世尤以戒奢侈为要义，衣服不宜多制，尤不宜大镶大滚，过于绚烂。尔教导诸妹，敬听父训，自有可久之理。

牧云舅氏书院一席，余已函托寄云中丞，沅叔告假回长沙，当面再一提及，当无不成。

余身体平安。二十一日成服哭临，现在三日已毕。疮尚未好，每夜搔痒不止，幸不甚为害。沅叔近患疟疾，二十二日痊愈矣。此次未写澄叔信，尔将此呈阅。

咸丰十一年八月廿四日

责任重大，如履薄冰

字谕纪泽儿：

二月十三日接正月二十三日来禀并澄侯叔一信，知五宅平安。二女正月二十日喜事诸凡顺遂，至以为慰。

此间军事如恒。徽州解围后贼退不远，亦未再来犯。左中丞进攻遂安，以为攻严州保衢州之计。鲍春霆顿兵青阳，近未开仗。满叔在三峡收降卒三千人，编成四营。沅叔初七日至汉口，十五后当可抵皖。李希帅初九日至安庆，三月初赴六安州。多礼堂进攻庐州，贼坚守不出。上海屡次被贼扑犯，洋人助守，尚幸无恙。

余身体平安。今岁间能成寐，为近年所仅见。惟怪眷太隆，责任太重，深以为危，知交有识者亦皆代我危之，只好刻刻谨慎，存一临深履薄之想而已。

今年县考在何时？鸿儿赴考，须请寅师往送。寅师父子一切盘费，皆我家供应也。共需若干，尔付信来，由营寄来。

七十侄女于归，寄去银百两、褂料一件并裹裙料一件。尔所需笔墨等件付回，照单查收。

此信并呈澄叔一阅，不另具。涤生手示。

同治元年二月十四日

读书要有“常”

字谕纪泽儿：

连接尔十四、二十二日在省城所发禀，知二女在陈家，门庭雍睦，衣食有资，不胜欣慰。

尔累月奔驰酬应，犹能不失常课，当可日进无已。人生唯有常是第一美德，余早年于作字一道，亦尝苦思力索，终无所成。近日朝朝摹写，久不间断，遂觉月异而岁不同。可见年无分老少，事无分难易，但行之有恒，自如种树畜养，日见其大而不觉耳。

尔之短处在言语欠钝讷，举止欠端重，看书能深入而作文不能峥嵘。若能从此三事上下一番苦工，进之以猛，持之以恒，不过一二年，自尔精进而不觉。言语迟钝，举止端重，则德进矣。作文有峥嵘雄快之气，则业进矣。尔前作诗，差有端绪，近亦常作否？李、杜、韩、苏四家之七古，惊心动魄，曾涉猎及之否？

此间军事，近日极得手。鲍军连克青阳、石埭、太平、泾县四城。沅叔连克巢县、和州、含山三城暨铜城闸、雍家镇、裕溪口、西梁山四隘。满叔连克繁昌、南陵二城暨鲁港一隘。现仍稳慎图之，不敢骄矜。

余近日疮癣大发，与去年九、十月相等。公事丛集，竟日忙冗，尚多积搁之件。所幸饮食如常，每夜安眠或二更三更之久，不似往昔彻夜不寐，家中可以放心。此信并呈澄叔一阅，不另致也。涤生手示。

同治元年四月初四日

唯读书可变化气质

字谕纪泽、纪鸿儿：

今日专人送家信，甫经成行，又接王辉四等带来四月初十之信（尔与澄叔各一件），藉悉一切。

尔近来写字，总失之薄弱，骨力不坚劲，墨气不丰腴，与尔身体向来轻字之弊正是一路毛病。尔当用油纸摹颜字之《郭家庙》、柳字之《琅琊碑》、《玄秘塔》，以药其病。日日留心，专从厚重二字上用工。否则字质太薄，即体质亦因之更轻矣。

人之气质，由于天生，本难改变，唯读书则可变化气质。古之精相法者，并言读书可以变换骨相。欲求变之之法，总须先立坚卓之志。即以余生平言之，三十岁前最好吃烟，片刻不离，至道光壬寅十一月廿一日立志戒烟，至今不再吃。四十六岁以前做事无恒，近五年深以为戒，现在大小事均尚有恒。即此二端，可见无事不可变也。

尔于厚重二字，须立志变改。古称金丹换骨，余谓立志即丹也。满叔四信偶忘送，故特由驿补发。此嘱。涤生示。

同治元年四月廿四日

望宽待袁婿，俟其改过

字谕纪泽儿：

二十日接家信，系尔与澄叔五月初二所发，二十二日又接澄侯衡州一信，俱悉五宅平安，三女嫁事已毕。

尔信极以袁婿为虑，余亦不料其遽尔学坏至此，余即日当作信教之。尔等在家却不宜过露痕迹，人所以稍顾体面者，冀人之敬重也。若人之傲惰鄙弃业已露出，则索性荡然无耻，拚弃不顾，甘与正人为仇，而以后不可救药矣。我家内外大小于袁婿处礼貌均不可疏忽，若久不悛改，将来或接至皖营，延师教之亦可。大约世家子弟，钱不可多，衣不可多，事虽至小，所关颇大。

此间各路军事平安。多将军赴援陕西，沅、季在金陵孤军无助，不无可虑。湖州于初三日失守。鲍攻宁国，恐难遽克。

安徽亢旱顷间三日大雨，人心始安。谷即在长沙采买，以后澄叔不必挂心。此次不另寄澄信，尔禀告之。此嘱。

同治元年五月廿四日

勿沾富贵习气，才能成大器

字谕纪鸿儿：

前闻尔县试幸列首选，为之欣慰。所寄各场文章，亦皆清润大方。昨接易芝生先生十三日信，知尔已到省。城市繁华之地，尔宜在寓中静坐，不可出外游戏征逐。

兹余函商郭意城先生，在于东征局兑银四百两，交尔在省为进学之用。如郭不在省，尔将此信至易芝生先生处借银亦可。印卷之费，向例两学及学书共三分，尔每分宜送钱百千。邓寅师处谢礼百两，邓十世兄处送银十两，助渠买书之资。余银数十两，为尔零用及略添衣物之需。

凡世家子弟衣食起居，无一不与寒士相同，庶可以成大器；若沾染富贵气习，则难望有成。吾忝为将相，而所有衣服不值三百金，愿尔等常守此俭朴之风，亦惜福之道也。其照例应用之钱，不宜过啬（谢廪保二十千，赏号亦略丰）。谒圣后，拜客数家，即行归里。今年不必乡试，一则尔工夫尚早，二则恐体弱难耐劳也。此谕。

涤生手示。

再，尔县考诗有错平仄者。头场（末句移），二场（三句禁，仄声用者禁止禁戒也，平声用者犹云受不住也，谚云禁不起），三场（四句节俭仁惠崇系倒写否？十句逸仄声），五场（九、十句失粘）。过院考时，务将平仄一一检点，如有记不真者，则另换一字。抬头处亦宜细心。再谕。

同治元年五月廿七日

对士兵坦诚相待

字谕纪泽儿：

日内未接家信，想五宅平安为慰。

此间近状如常。各军士卒多病，迄未少愈。甘子大至宁国一行，归即一病不起。许吉斋座师之世兄名敬身号藻卿者，远来访我，亦数日物故。幸杨、鲍两军门皆有转机，张凯章闻亦少瘥。三公无他故，则大局尚可为也。

沅叔营中病者亦多。沅意欲奏调多公一军回援金陵。多公在秦，正当紧急之际，焉能东旋？且沅、季共带二万余人，仅保营盘，亦无请援之理。惟祝病卒渐愈，禁得此次风浪，则此后普成坦途矣。

李希庵于闰八月二十三日安庆开行，奔丧回里。唐义渠即于是日到皖。两公于余处皆以长者之礼见待，公事毫无掣肘。余亦推诚相与，毫无猜疑。皖省吏治，或可渐有起色。

余近日癣疾复发，不似去秋之甚。眼蒙则逐日增剧，夜间几不复能看字。老态相催，固其理也。余不一一。此信可送澄叔一阅。涤生手示。

同治元年八月廿四日

宽闲岁月，切莫错过好光阴

字谕纪泽儿：

二月廿一日在运漕行次，接尔正月二十二日、二月初三日两禀，并澄叔两信，俱悉家中五宅平安。大姑母及季叔葬事，此时均当完毕。

尔在团山嘴桥上跌而不伤，极幸极幸。闻尔母与澄叔之意欲修石桥，尔写禀来，由营付归可也。《礼》云：“道而不径，舟而不游。”古之言孝者，专以保身为重。乡间路窄桥孤，嗣后吾家子侄凡遇过桥，无论轿马，均须下而步行。

吾本意欲尔来营见面，因远道风波之险，不复望尔前来，且待九月霜降水落，风涛性定，再行寄谕定夺。目下尔在家饱看群书，兼持门户。处乱世而得宽闲之岁月，千难万难，尔切莫错过此等好光阴也。

余以十六日自金陵开船而上，沿途察看金柱关、东西梁山、裕溪口、运漕、无为州等处，军心均属稳固，布置亦尚妥当。惟兵力处处单薄，不知足以御贼否？余再至青阳一行，月杪即可还省。南岸近亦吃紧。广匪两股窜扑徽州，古、赖等股窜扰青阳。其志皆在直犯江西以营一饱，殊为可虑。

澄叔不愿受沅之赐封。余当寄信至京，停止此举，以成澄志。

尔读书有恒，余欢慰之至。第所阅日博，亦须札记一二条，以自考证。脚步近稍稳重否？常常留心。此嘱。涤生手示。

澄叔此次未另写信，将此禀告。

同治二年二月廿四日

好文章须熟读成诵

字谕纪泽儿：

接尔二月十三日禀并《闻人赋》一首，俱悉家中各宅平安。

尔于小学训诂颇识古人源流，而文章又窥见汉魏六朝之门径，欣慰无已。余尝怪国朝大儒如戴东原、钱辛楣、段懋堂、王怀祖诸老，其小学训诂实能超越近古，直逼汉唐，而文章不能追寻古人深处，达于本而阂于末，知其一而昧其二，颇所不解。私窃有志，欲以戴、钱、段、王之训诂，发为班、张、左、郭之文章（晋人左思、郭璞小学最深，文章亦逼两汉，潘、陆不及也）。久事戎行，斯愿莫遂，若尔曹能成我未竟之志，则至乐莫大乎是。即日当批改付归。

尔既得此津筏，以后便当专心一志，以精确之训诂，作古茂之文章。由班、张、左、郭上而扬、马而《庄》、《骚》而《六经》，靡不息息相通，下而潘、陆而任、沈而江、鲍、徐、庾，则词愈杂，气愈薄，而训诂之道衰矣。至韩昌黎出，乃由班、张、扬、马而上跻《六经》，其训诂亦甚精当。尔试观《南海神庙碑》、《送郑尚书序》诸篇，则知韩文实与汉赋相近。又观《祭张署文》、《平淮西碑》诸篇，则知韩文实与《诗经》相近。近世学韩文者，皆不知其与扬、马、班、张一鼻孔出气。尔能参透此中消息，则几矣。

尔阅看书籍颇多，然成诵者太少，亦是一短。嗣后宜将《文选》最惬意者熟读，以能背诵为断，如《两都赋》、《西征赋》、《芜城赋》及《九辩》、《解嘲》之类皆宜熟读。《选》后之文，如《与杨遵彦书》（徐）、《哀江南赋》（庾）亦宜熟读。又经世之文如马贵与《文献通考》序二十四首，天文如丹元子之《步天歌》（《文献通考》载之，《五礼通考》载之），地理如顾祖禹之《州域形势叙》（见《方舆纪要》首数卷，低一格者不必读，高一格者可读，其排列某州某郡无文气者亦不必读）。以上所选文七篇三种，尔与纪鸿儿皆当手抄熟读，互相背诵，将来父子相见，余亦课尔等背诵也。

尔拟以四月来皖，余亦甚望尔来，教尔以文。唯长江风波，颇不放心，又恐往返途中抛荒学业，尔禀请尔母及澄叔酌示。如四月起程，则只带袁婿及金二甥同来，如八九月起程，则奉母及弟妹妻女合家同来，到皖住数月，孰归孰留，再行商酌。

目下皖北贼犯湖北，皖南贼犯江西，今年上半年必不安静，下半年或当稍胜。尔若于四月来谒，舟中宜十分稳慎，如八月来，则余派大船至湘潭迎接可也。余详日记中，尔送澄叔一阅，不另函矣。涤生手示。

同治二年三月初四日

饱看山水，以养身心

字谕纪泽、纪鸿儿：

廿六日接纪泽二十日排递之禀，纪鸿初六日舢板带来禀件、衣书，今日派夫往接矣。李老太太病势颇重，近日略愈否？深为系念。

泽儿肝气痛病亦全好否？尔不应有肝郁之症。或由元气不足，诸病易生，身体本弱，用心太过。上次函示以节啬之道，用心宜约，尔曾体验否？

张文端公(英)所著《聪训斋语》，皆教子之言。其中言养身、择友、观玩山水花竹，纯是一片太和生机，尔宜常常省览。鸿儿体亦单弱，亦宜常看此书。吾教尔兄弟不在多书，但以圣祖之《庭训格言》（家中尚有数本）、张公之《聪训斋语》。（莫宅有之，申夫又刻于安庆）二种为教，句句皆吾肺腑所欲言。

以后在家则莳养花竹，出门则饱看山水，环金陵百里内外，可以遍游也。算学书切不可再看，读他书亦以半日为率。未刻以后，即宜歇息游观。古人以惩忿窒欲为养生要诀：惩忿即吾前信所谓少恼怒也，窒欲即吾前信所谓知节啬也。因好名好胜（志太高则好胜，余与刘椒云及霞仙皆犯此弊）而用心太过，亦欲之类也。药虽有利，害亦随之，不可轻服。切嘱。

此间派队于廿八日出剿，初一二可以见仗。十九日折奉旨留中，暂无寄谕。尔可先告李宫保也，余不多及。

涤生手示，九月晦日。

同治四年九月二十九日

好而知其恶，恶而知其美

字谕纪泽、纪鸿儿：

接泽儿八月十八日禀，俱悉。择期九月廿日还湘。十月二十四日四女喜事，诸务想办妥矣。凡衣服首饰百物，只可照大女二女三女之例，不可再加。

纪鸿于廿日送母之后，即可束装来营。自坐一轿，行李用小车，从人或车或马皆可。请沅叔派人送至罗山，余派人迎至罗山。

淮勇不足恃，余亦久闻此言。然物论悠悠，何足深信？所谓好而知其恶，恶而知其美。省三、琴轩均属有志之士，未可厚非。申夫好作识微之论，而实不能平心细察。余所见将才杰出者极少，但有志气，即可予以美名而奖成之。

余病虽已愈，而难以用心，拟于十二日续假一月，十月奏请开缺，但须沅叔无非常之举，吾乃可徐行吾志耳。否则别有波折，又须虚与委蛇也。此谕。

同治五年九月初九日

初移富托不可轻慢近邻

字谕纪泽儿：

十一月二十二日接尔十月二十七在长沙发禀，二十三日接十一月初二在湘潭发禀，二十六日接十一日在富托发禀。得悉平安回家，小大清吉，至为欣慰。

此间军事，任、赖由固始窜至鄂境，郭子美二十三日在德安获胜。该逆不得逞志于鄂，势必仍回河南。张逆入秦，已奏派春霆援秦，本月当可起程。唯该逆有至汉中过年、明春入蜀之说，不知鲍军追赶得及否？

本日折差回营，十三日又有满御史参劾，奉有明发谕旨，兹抄回一阅。十月二十六日寄信令尔来营随侍进京，厥后又有三信止尔勿来，计尔到家后不过数日即接来营之手谕。余拟再具数疏婉辞，必期尽开各缺而后已。将来再奉入觐之旨，亦未可知。

尔在家料理家政，不复召尔来营随侍矣。李申夫之母尝有二语云“有钱有酒款远亲，火烧盗抢喊四邻”，戒富贵之家不可敬远亲而慢近邻也。我家初移富圫，不可轻慢近邻，酒饭宜松，礼貌宜恭。建四爷如不在我家，或另请一人款待宾客亦可。除不管闲事，不帮官司外，有可行方便之处，亦无吝也。尔信于郭家及长沙事太略，下次详述一二。此谕。

涤生手示。

同治五年十一月二十六日

澄叔处将此信送阅。

正封缄间，接奉二十三日寄谕，令余仍回江督之任。余病不能多阅文牍，决计具疏固辞。兹将谕旨抄回一阅。

陈季牧遽尔沦谢。此间于初一日派李翥汉至长沙陈宅吊唁，幛一悬、银二百两。此外尚有数处送情，再有信寄家也。

又行二十八夜

构怨太多将毁仕途

字谕纪泽儿：

正月初四日专人送信并书箱之式回家。旋于初六日自周家口起行，至十五日抵徐州府。一路平安，惟初十日阻雪一天，余均按程行走。定于十九日接印。官员中自李少泉宫保而下，至大小文武各员，皆愿我久于斯任，不再疏辞；江南士民闻亦望之如岁。自问素无德政，不知何以众心归向若此？

沅叔劾官相之事，此间平日相知者如少荃、雨生、眉生皆不以为然，其疏者亦复同辞。闻京师物论亦深责沅叔而共恕官相，八旗颇有恨者（雨生云然）。尔当时何以全不谏阻？顷见邸抄，官相处分当不甚要，而沅叔构怨颇多，将来仕途易逢荆棘矣。

曾文煜尚未到营，而尔交彼带来之信却已先到。近两旬未接尔信，殊深悬系。嗣后除专勇接信外，须另写两次交李中丞排递来营。每月三信，不可再少。信中须详写几句，如长沙风气如何，吾县及吾都风俗如何，尔与何人交好，凡本家亲邻近状，皆宜述及，以慰远怀。此信呈澄叔一阅。涤生手示（徐州考棚）。

同治六年正月十七日